出雲の
あやかしホテルに
就職します⑫

硝子町玻璃

双葉文庫

AYAKASHI HOTEL

プロローグ

春の陽気に釣られて不審者が出てくるという謎の迷信がある。

実際には夏だろうと冬だろうと年がら年中出没するのだが、特に春になると増えると言われている根拠は何なのかと見初《みそめ》は時折疑問に思う。

そして今年の春も彼らはやってきた。

「私の名は武蔵坊弁慶《むさしぼうべんけい》。主である源義経《みなもとのよしつね》の命を受け、この地に馳せ参じた」

厳《いか》つい見た目の僧侶はそう自己紹介をしながら、永遠子《とわこ》から宿泊カードを受け取った。

知らない人のほうが少ないと思うので、詳しい説明は割愛させていただくが、『弁慶の泣き所』の由来にもなっている有名人である。

刀コレクターだったという説もあり、それを示すように背中に三本ほど背負っていた。

牛蒡《ごぼう》を。

あの牛蒡、笹がきにして人参と炒めたら美味しそうだなと見初が考える中、弁慶はじっと永遠子を見詰めていた。

「その美しさ……そなた、もしや静御前《しずかごぜん》ではござらぬか？」

「ふふ、ありがとうございます。ですが私は静御前様ではありません」

「いいえ、そのようなことを仰らないでいただきたい。そなたは義経様の愛したお方だ」

「お客様、お言葉ですが人違いかと」

「その涼やかな声音。何と心地のよいことか」

何だろうか、この会話。見初は冬緒《ふゆお》とともに無言で永遠子を見守っていた。

あの弁慶、人の話を全然聞かない。

永遠子を主君の愛妾《あいしょう》だと思い込んでいるわりには、都合の悪い部分を思い切りスルーしている。見初たちが口を挟もうものなら、それも独自解釈しかねない強引さがあった。

いざとなったら触覚の能力を発動させるか。そう覚悟を決めていると、弁慶は目を潤ませながら永遠子の手を握り締めた。

「静御前、聞いてくれ。ずっと私はそなたを愛していたのだ。だから私と祝言《しゅうげん》を挙げよう」

「よし、時町《ときまち》。あいつ捕まえよう」

「はい、椿木《つばき》さん」

何だかまずい展開になりそうなので見初は冬緒と頷き合い、弁慶を両脇から取り押さえた。

「なっ、お主たちいったい何を！」

「当ホテルでは従業員に危害が及ぶような行為はご遠慮頂いておりますので……」

困惑する弁慶の肩を掴みながら冬緒が言う。永遠子狙いの客の対応は月に二、三度やっているので手慣れていた。

◆　◆　◆

「私は本当は武蔵坊弁慶ではないんです。ただ憧れていただけで……本当にすいませんでした」

「それは最初から分かっていたのであまり気にしていませんが、従業員へのアプローチはちょっと」

「弁慶になり切っていたので、気分が高揚していたんです。あのこれ、お詫びの品です。とっても美味しいので」

見初から諭《さと》すように言われると、弁慶を名乗った妖怪は申し訳なさそうに背負っていた牛蒡を差し出した。夕飯の食材ゲットである。

「てっきり北条義時《ほうじょうよしとき》とか源義経が来ると思っていたんだけど、変化球で弁慶が来たわねえ……」

結局偽弁慶は謝罪してから普通に宿泊したのだが、そのあとで永遠子がしみじみとした口調で呟いた。

たまにいるのだ。歴史上の人物を名乗る猛者《もさ》が。

人間たちの噂話を聞いてブームに乗ってやろうと考えたのか、謎のコスプレをしてホテルに泊まりに来る。

「一昨年は『討ち入りじゃあ！』って叫びながら明智光秀《あけちみつひで》が突入してきて、カルボナーラ食べて帰って行きましたね」

「単体ならいいけど、昔は大変だったわねぇ～。何せ新選組が来たんだもの」

ちなみに去年は渋沢栄一《しぶさわえいいち》を演じた俳優を名乗る妖怪が出てきた。その場に居合わせた女神の客の逆鱗に触れて、平手打ちを喰らっていたが。

何故かこの時季になると出現率が高くなる。その頃に今年のトレンドを把握しているのか、単に暖かくなって陽気になるだけなのか。

土の香りのする牛蒡片手に、見初は春の訪れを実感していた。

第一話　誘蛾《ゆうが》に舞う

いつから夜はこんなに明るくて、騒がしい時間になったのだろう。

青い空が墨色に染まって、太陽と入れ替わる形で姿を見せた月の優しい光が夜を照らす。

そんな当たり前のことが当たり前でなくなったのは、いつからなのか。

人間が多く棲《す》みついた地には建物が立ち並び、鉄で出来た車が道を埋め尽くしている。

そして人間たちが作った色とりどりの光が、人間たちの棲み処を延々と照らし続ける。

それが気に入らないと罵《ののし》る同胞は多い。

――我が物顔で自然を壊す人間が嫌いだ。

――ひ弱で寿命の短い生き物の癖に、何と愚かなことか。

確かにそうかもしれない。人間の都合のいいように自然が破壊されて、多くの動物、妖怪が居場所を奪われた。

「きゃあああっ！　早く、早く救急車を呼んで！」

賑やかな夜の街に悲鳴が響き渡る。

どこかの建物の非常階段から誰かが転落したということだった。それを聞いた人々の反応は主に二つだった。

好奇心で建物に近づこうとする者、わけも分からず怯えて逃げようとする者。

『誰か』が落ちたという階段の上から、彼らの様子を俯瞰《ふかん》する。

「おいおい、落ちたのって陽向《ひなた》か？」

「落ちたんじゃなくて落とされたらしいわよ。誰かと言い争っているうちに取っ組み合いの喧嘩になったって聞いたけど」

「きっとあいつらじゃない？　だって陽向のこと虐めてたんでしょ？」

「あの子も可哀想だなぁ。いつか大事になるとは思ってたけどさ……」

彼らの言葉に耳を傾けながら、地面に倒れている『誰か』を見下ろす。

そこそこの高さから落ちたはずなのに、外傷は殆どないように見える。その安らかな表情はまるでただ地面で眠っているだけのようで。けれど閉ざされたままの瞼《まぶた》が、彼女の異変を教えてくれた。

人々の声に混じって耳障りな音が聞こえ始める。赤い光を放つ車という乗り物。あれが『救急車』なのだろう。そこから降りた人間たちが『誰か』を運んでいく。きっと、助けるために。

助ける？　笑わせてくれる。

彼らを嘲笑《あざわら》うように笑みを浮かべて、その場から羽ばたく。

地上から離れて、少しでも月へ近づくように。涙の代わりに、空色の鱗粉《りんぷん》を夜闇に撒き散らして。

光を求め、惹かれる。それが自分の在り方なのだから。

かつては綺麗だと思えた人間たちの光も、今はただ汚らわしく思える。

◆　◆　◆

肌寒さがまだ残るものの、歩いているうちに体が温まるような季節が今年も訪れた。

「うーん。お散歩日和だね、白玉《しらたま》！」

「ぷぅ～！」

見初が声をかけると、足元でぽてぽてと歩いていた白玉は元気に鳴いた。

運動不足を防ぐために、肌寒い冬の間も、休日になると欠かさず外出していたが、散歩をするならやはり本日のような暖かい日が最適である。それに運動した後のおやつはとても美味しい。

「後で何を食べようかな。ぜんざい……桜餅……よもぎ餅……」

春になると、不思議と和菓子をたくさん食べたくなるのだ。しかも餅を使用したガツンとくるものばかり。

そんなことを考えながら、白玉に視線を落とす。ふわふわの真っ白な毛で覆われた丸い頭に目が釘づけになる。

「……大福もいいかも」

「ぷぁっ？」

ぼそ……と呟いた見初に何かを感じ取ったのか、白玉が振り向いた。違うんです、白玉そのものが美味しそうに見えたわけじゃないんです、と心の中で謝罪していると、ふわりと花の香りが漂った。それと一緒に、薄紅色の花びらも。

渡ろうとしていた橋の向こう側に、桜の木が一本だけ優雅に佇んでいた。開花してからやや日が経っているのか、そよ風が吹く度に花びらが散っていく。

「あんなところに桜の木があったんだ……」

見初は普段、この辺りは歩かない。今日はたまには違う道に行こう！　と探検のつもりで別ルートを選んだのだ。

春の景色に見とれながら何だか得をした気分になっていると、木の傍に誰かいることに気付く。

車椅子に乗った、赤茶色の髪の若い女性だ。ただ桜を眺めているのではなく、夢中でスケッチブックにその光景を描いているようだった。

「……白玉、あの人の邪魔になっちゃうだろうから引き返そっか」

「ぷぅ！」

白玉は見えないにしても、自分が横切ったら集中力を途切れさせてしまうかもしれない。

芸術において一番大切なのは、意識を集中させることだと永遠子が力説していたことがある。

見ず知らずの人の大事な時間を潰したくない。元来た道を引き返そうとした時だった。

「ぷぅぅぅ～？」

白玉が女性を見て不思議そうに首を傾げながら鳴く。

「白玉？　どうし……」

どうやら白玉が気にしているのは、女性本人ではなく桜の木だった。

その後ろから数体の妖怪たちが、ひょっこりと顔を覗かせているのだ。彼らは何をしているのかと、見初は出来るだけこっそりと橋を渡って女性へと近付いてみた。

すると妖怪たちのはしゃぐ声が聞こえてきた。

「すげぇー！　見たまんまそのまま描いてるじゃん！」

「その細いやつが何なのか、オレ知ってる！　色鉛筆っていう硬い筆みたいな道具なんだぞ！」

「ねぇねぇ。桜なんてつまらないものじゃなくて、私を描いてよぉ～」

妖怪たちに絶賛されようが、ねだられようが、女性は無視してピンクの色鉛筆をスケッチブックの上に走らせている。いや、そもそも彼らの声に気付いてすらいない様子だった。

見初も後ろからこっそりスケッチブックを覗き込んでみると、ややぼやけたようなタッチで桜の木が描かれていた。どこか淡く儚《はかな》げなそれは、幻想的な美しさを醸《かも》し出しており、状況を忘れて見入ってしまうほどだった。

とりあえず彼らは女性をただ眺めているだけで、ちょっかいを出すつもりはないようだ。ほっと安堵《あんど》しつつ、今度こそ戻ろうとした時に事件が起こった。

「おい！　俺がこんなに呼んでるのに、無視するんじゃねぇよ！」

首から上が馬の形をした妖怪が、苛立った口調で女性に呼びかけた。が、状況は変わらない。他の妖怪は気付いてもらえないことなど承知の上だったようだが、馬頭の妖怪だけは違った。

「くっそ～～！　人間のくせに無視しやがって……！」

「仕方ないだろ。普通の人間にはオレたちなんて見えないし、声も聞こえないんだから」

「そうだよ。この子だって悪気があるわけじゃないんだから」

仲間たちに制止され、馬頭の妖怪は彼らを睨みつけた。

「お前らは人間に甘いんだよ！　俺ら妖怪様が偉い存在なんだって思い知らせてやるんだ！」

そう宣言すると、木の陰から姿を見せて女性へと手を伸ばした。

「あっ、やめとけって！　人間に手を出したら……！」

「ふんっ。怪我をさせたら、陰陽師に祓《はら》われるんだろ？　だからこの程度で済ませてやる！」

仲間が止める間もなく、女性が膝に載せていた缶ケースから緑色の色鉛筆を奪い取ってしまった。

すると女性が驚いたように目を見開く。妖怪が見えない彼女からしてみれば、色鉛筆がひとりでに動き出し、宙で踊っているように見えているのだろう。

馬頭の妖怪はその表情を見ると満足げに笑みを浮かべてから、勢いよく色鉛筆を放り投げた。

「へへっ！　ざまーみろ！」

色鉛筆は宙を舞い、そのまま川へと――、

「危ないっ！」

だが橋の手すりからギリギリまで身を乗り出した見初が、それをキャッチしていた。間に合った、と安堵する見初を馬頭の妖怪が睨みつける。

「何だよ、あの小娘。邪魔しやがって」

「邪魔するに決まってるでしょ」

「へ？」

馬頭の妖怪は間抜けた声を出した。見初は目を吊り上げると、その妖怪を睨み返した。

その足元にいる白玉も、鋭い眼光を放っている。

「お、お前、まさかオレたちのことが見えて……」

「相手にしてもらえなくて寂しいのは分かるけど、こんなことしたらダメだから！」

「ぷぅ〜！」

妖怪を恐れるどころか、怒りの形相で突進してくる人間と仔兎。馬頭の妖怪が狼狽《うろた》えていると、仲間の一人がハッとした表情で口を開いた。

「思い出した！　あの人間の女の子、ほてる櫻葉《さくらば》で働いている子だ！」

「ほ、ほてる⁉　何だそりゃあ！」

「妖怪も神様も泊まれる宿のことだよ！　しかも、強い陰陽師とか妖怪も働いているって話！」

「何だとっ⁉」

「オレたちはなーんにも悪くないからな！　お前が勝手にやっただけなんだからな！」

巻き添えはごめんだとばかりに、散り散りになって逃げ出す妖怪たち。

そして取り残された馬頭の妖怪も「く、くそぉ！　覚えておけよ！」と、情けない捨て台詞を残して走り去っていった。

その後ろ姿を見て見初は溜め息をつく。これで人間に悪戯《いたずら》することはやめてくれるだろうか。お互いのためにもそうであってほしいのだけれど。

「ぷ、ぷぅ……」

白玉が気まずそうに鳴いている。

その視線は車椅子の女性に向けられており、女性は見初をじっと見詰めていた。

一部始終をしっかり目撃されていた。そのことを悟り、見初は凍り付いた。

誰もいないところで怒っている変な人だと思われてしまったかもしれない。いや、確実に思われた。

どう言い訳しようか迷っていると、女性はぶふっと噴き出すように笑った。

「ふっ、ふふっ、すっごい顔してる。何だか面白い……」

「ええと、ありがとうございます……？」

「別に褒めてるつもりじゃなかったんだけどね。それにお礼を言うの私でしょ？　それ、ありがとうね」

女性が指差したのは、見初が握り締めたままの色鉛筆だった。

そうだ、返さないと。見初は慌てて女性に色鉛筆を差し出した。

「ど、どうぞ」

「そんなにぎくしゃくしないでよ。大丈夫、何が起こったのか何となく分かってるから」

「え？」

その言葉に目を丸くする。

「だって、ここって出雲《いずも》だよ。神様がいっぱいいるんだから、妖怪の一匹や二匹いてもおかしくないもん」

緩い口調で言葉を返され、見初は少し迷ってから尋ねることにした。

「あの……もしかして、妖怪とか神様が見える人……なんですか？」

「そんなの見えないよ。見えていたら、色鉛筆だって取られたりしない」

「ですよねー」

人ではないモノたちの存在を理解しつつ、けれど見ることは出来ないようだ。こういう人がいると分かると何だか安心する。

けれど女性は色鉛筆を受け取りながら、懐かしむように言葉を零した。

「でも私の体がこんなことになる前は、一人だけそれっぽいのが見えていたよ」

「そうなんですか？」

「うん。背中から翅《はね》を生やした……あれは蝶っていうより蛾かなぁ。いつも私のほうをじーっと見てて、ちょっと不気味だった。でも、いつの間にか見えなくなっちゃったけどね」

「そうだったんですか……でも今まで見えていたものが急に見えなくなったなんて、不安に感じたんじゃないですか？」

見初が気遣うように聞くと、女性は色鉛筆に自分の髪をくるくると巻きつけながら笑った。

「平気。私に興味なくなっちゃって、どっかに行ったんじゃない？」

「…………」

「そんなことより、お姉さんの肩に何か載ってるよ」

「え……ギャア！」

女性に言われて確認すると、見初の右肩で丸々と太ったまだら模様の毛虫がうねうねと動いていた。

思わず見初が悲鳴を上げると、木の上から高笑いが聞こえた。

「だははははっ！　ざまーみろ！　このぐらいの仕返しはしてやらないとなぁ！」

先程の馬頭の妖怪だった。どうやらあのまま逃げ去るのは彼のプライドが許さなかったらしい。

この攻撃はしっかりと、そして確実に見初に効いていた。

「ひぃぃ！　白玉さんお願いだから取ってください！　私、毛虫だけは触れなくて……！」

「ぷぅぅぅ……！」

これには白玉も手が出せず、青ざめた見初のＳＯＳに応えられずに硬直している。

もはやこれまでか。その見た目に嫌悪感を覚えて見初が涙目になっていると、女性はちょいちょいと手招きをした。

「お姉さん、ちょっと屈んで」

「は、はい!」

女性は毛虫を素手でつまむと、地面に軽く放り投げた。怯える様子など、これっぽっちも見せずに。

その豪胆さに見初と白玉は思わず拍手を送った。

「全然怖がってませんでしたね……!」

「だって怖がる必要がないもん。あの子ってああいう見た目をしているけど毒は持ってないんだよ」

「……やっぱり触るのはちょっと躊躇《ためら》っちゃいます」

「まあ気持ちは分かるかな。でも、私にしてみれば見た目が綺麗なモノのほうが苦手だね。そういうものほど、酷い中身をしているんだよ」

「え……」

その刹那《せつな》、女性の顔から表情が抜け落ちたのを見初は見逃さなかった。しかしそれを誤魔化すように女性はすぐに笑みを取り戻すと、スケッチブックを閉じた。

「じゃ、私そろそろ帰るね。ずっと外にいたらお父さんかお母さんが探しに来ちゃうし。過保護な親を持つと大変なんだよね」

「あ、毛虫取ってくれてありがとうございました！」

「うん。でも今度私を見かけても声をかけないでね。お姉さんまで変な目で見られちゃう」

　やや素っ気ない口調で一方的に別れを告げると、女性は車椅子を動かしてその場から離れていった。

　変な目で見られるとはどういうことだろう。

　別れ際の一言が気になって佇んでいると、一人の老婦人に声をかけられた。

「あなた、陽向ちゃんの知り合い？」

「陽向さん？　あ、いえ、さっき知り合ったばかりです」

「だったら、陽向ちゃんにはあまり関わらないほうがいいわよ」

「それってどういう……」

「私、あの子の家の近所に住んでるから、色々話知ってるのよ」

　老婦人は周囲に誰もいないことを確認すると、わざとらしく声を潜めて見初に語り出した。

「陽向ちゃんってね、少し前まで東京にいたんだけど、トラブルが多かったみたいよ。それで最後にはお付き合いしていた人にビルの非常階段から突き落とされたんですって。一命は取り留めたけれど、その時の後遺症のせいで車椅子生活になっちゃってねぇ」

……そんなデリケートな話題を、見ず知らずの相手に話してしまってもいいのだろうか。

見初が表情を暗くしていると、「うわぁっ！」という悲鳴とともにドスンッと重い物が落ちる音がした。一度は逃げたものの戻って来た妖怪たちが桜の木を蹴り、枝の上にいた馬頭の妖怪を地面に落下させたのである。

「ぷぅぅ～！」

そこへ白玉の飛び蹴りが炸裂する。馬頭の妖怪の背中にクリティカルヒットした。

「いってぇぇえっ！」

「うるさい、ちょっとは反省しろ！」

「これ以上人間に嫌がらせすんな！　ほてるによく行ってる神様にも怒られるんだぞ！」

「わ、悪かった！　もう悪さしないから、この兎を止めてくれ……！」

「ぷぁーっ！」

見初を怯えさせたことへの怒りが大きいのか、白玉は蹴りを連発している。何やら忠告しに来た老婦人も立ち去ったことなので、見初はいい加減白玉を止めることにした。

◆　◆　◆

「あら？　もしかしてその車椅子の子って……陽向ちゃんのこと？」

その日の夕食時。見初が昼間の出来事を説明すると、永遠子からそんな質問をされた。

陽向個人の情報は伏せて、ただ車椅子の女性が妖怪に絡まれた話だけをしたのだが。

「永遠子さん、その人のこと知っているんですか？」

「知っているも何も、陽向ちゃんとは高校の同級生だったのよ」

さらりと彼女との関係を明かした永遠子に、きんぴらを箸でつまみながら冬緒がぽつりと呟く。

「世の中って意外と狭いんだな……」

「そういうものよ。実際、うちに泊まりに来てくれる人には私と同級生だった人も多いもの」

「……永遠子さんから見た陽向さんってどんな人なんですか？」

思わぬ接点に驚きつつ、見初は恐る恐る聞いてみることにした。あの老婦人は陽向のことを快く思っていなさそうだった。

どこか不安そうな見初に、永遠子は安心させるように笑みを浮かべた。

「あの子のこと悪く言う人もいるけれど、私は今でも陽向ちゃんと連絡を取り合っているわよ。昔から怖いもの知らずで明るい性格だから、人気者だったの」

「怖いもの知らず……何となく分かります」

見初はうんうんと頷いた。毒がないとはいえ、毛虫を何の躊躇いもなく素手で摘まめる大胆さからもそれは窺える。

「それから不思議と妖怪に好かれやすい体質をしているの。本人は見えないし、声も聞こえないみたいだけどね」

「そっか、だから桜の木の周りにたくさん妖怪がいたんですね」

「でも妖怪たちが傍にいる時は、私も見えない振りをするのがちょっと大変かしら。どうしても見えると、そっちに意識が向きがちになっちゃうのよ」

「た、確かに！」

妖怪が見える人間ならではの悩みだ。見初は全力で頷いた。

「あの子自身は薄々気付いているみたい。でも変に意識すると何が起こるか分からないから、妖怪のことは隠しておこうと思ったの」

……永遠子の話を聞く限りでは、陽向は特に問題のない人物のようだ。そう思っていた見初だったが、永遠子はふうと溜め息をついた。

「……陽向ちゃんはとってもいい子よ。だから二年くらい前の事件の被害者になったって聞いた時はびっくりしたわ」

「事件って、もしかして東京の……？」

「それ、陽向ちゃん本人から聞いたの？」

驚いた表情の永遠子に聞かれ、見初は老婦人に『陽向に関わらないように』と忠告されたことを話した。すると、永遠子は呆れと苛立ちが綯《な》い交《ま》ぜになったような眼差しになった。

「あの子のことを全然知らないくせに、そんなことを言うんだから……」

「なあ、永遠子さん。時町が聞いた階段から突き落とされたっていう話は本当なのか？」

友を蔑《さげす》まれて憤慨する永遠子に、冬緒が冷静に尋ねる。すると、永遠子の表情が曇った。

「……それについては本当。詳しいことまでは聞かせてもらえなかったけど、東京で付き合っていた人に階段から突き落とされたの。それ以来、自分の足で歩けなくなって、しかも夜に外に出ることも難しくなっちゃって」

「車椅子があるといっても、夜に出歩くのは危ないですもんね……」

危険なのは妖怪だけではない。そう思う見初だったが、陽向が抱える問題は想像以上のものだった。

「ううん、それだけじゃないの。外灯の光を極端に怖がるようになってしまったの」

「外灯の光……ですか？」

「階段から突き落とされた時のトラウマでしょうね。外灯が視界に入ると、無意識に全身がガタガタ震え出して、何も出来なくなるんですって」

そのくらい、事件の時の恐怖が体に染みついているのだろう。

あんなに元気そうに笑っていたのに。見初が陽向の笑顔を思い返していると、永遠子はさらに続けた。

「それでも時々夜になると、スケッチブックと色鉛筆を持って外に出て行っちゃうのよ。陽向ちゃんは『夜の絵が描きたいから』って言うんだけど、結局体が震えて絵が描けなくて、ご両親が迎えに来るっていうのを繰り返しているの」

「……陽向さんは絵を描くのが大好きなんですね」

「そう、そうなのよ！」

暗かった永遠子の表情が明るくなる。友人の趣味を理解してもらえて嬉しいのだろう。

「高校の時は美術部だったの。画家になりたいとかじゃなくて、趣味として描き続けていたいって宣言していたっけ。昔は周りから『絵描きに向いていない』って言われていたけど、東京にいた頃に上達したのね。他の子たちが今の絵を見て、すごく上手くなったって驚いていたわ」

「あ、言われてみればすごく上手でした。ふんわりしてて、ちょっと切ないような儚いような感じがありましたし」

見初も賛同するように頷いていると、永遠子が得意げに話を続けた。

「でもね、私は高校の時から絵のレベルは変わらないと思っているわよ？　私に言わせれば時代が陽向ちゃんに追いついたって感じね」

「…………」

自信満々に語る永遠子に、見初は冬緒とともに真顔になった。

美術センスが壊滅的な永遠子は、今も昔も同じものが見えているようだ。

◆◆◆

「あの、傍に桜の木が一本だけ立ってる橋って、どこにあるか分かるっすか？　多分、観光地とかではないと思うんすけど」

見初にそんな質問をしたのは、東京から旅行にきた藤木《ふじき》という男性客だ。年は二十代前半。髪を金髪に染めていて、いかにも都会人といった容姿である。

彼の荷物を預かり、客室へ案内する。部屋の前に到着すると藤木が口を開いた。その問いに見初は眉を顰《ひそ》める。

「そうですね、観光場所なら私もある程度詳しいんですが……」

桜の木が一本だけ立っている橋。やけに具体的なリクエストにううんと唸りつつ、見初は客室のドアを開けた。

藤木が選んだのは一番安いシングルルームだ。そこに最低限の荷物しか入っていないだろう小型のトランクを置く。

……この人は何をしに出雲を訪れたのだろう。何となく不穏な予感がするのはホテル従業員としての勘か。しかし客の要望に応えるのもベルガールの大切な仕事だ。

一本だけの桜の木、橋と、記憶を手繰り寄せてみる。

島根県における桜の名所は多い。

出雲なら約八百本のソメイヨシノが立ち並ぶ一の谷公園や、桜を楽しめるだけではなく動物広場で鹿や山羊《やぎ》などと触れ合える愛宕山公園《あたごさん》。他の地域だとライトアップによる夜桜が人気の松江《まつえ》城山公園《じょうざん》や、安来《やすぎ》公園など。

だが、いずれも藤木が探しているような場所ではない。

永遠子や冬緒などにも聞いてみようか、と思い至ったところで、

「あ！」

永遠子で思い出した。先日、陽向が絵を描いていたあの場所があったではないか。

「そういうところあるっすか？」

突然声を上げた見初に藤木が期待の眼差しを向ける。

「はい。ここから歩いて行ける距離でして――」

見初が場所を伝えると、藤木は神妙な顔つきで何度も「はい、はい」と繰り返した。けれど出雲の土地に詳しくないであろう藤木が、一人でそこに辿り着けるかどうか。

「ご近所の方に場所を聞きながら向かわれた方がいいかと思います」

「いや、それはちょっとまずいというか……ま、まあ、何とかなると思うんで大丈夫っす」

何かを誤魔化すかのように、藤木は薄ら笑いを浮かべた。

◆　◆　◆

「さくら～、さくら～、とっても綺麗なさ～く～ら～。でも食べられな～い、ウォウウォウ！」

「また酷い歌を作りましたなぁ」

ぽてぽてと散歩を楽しみながら新作の歌を披露する風来《ふうらい》に、雷訪《らいほう》が冷静に突っ込んだ。

桜の美しさを謳っているのかと思いきや、後半の歌詞で食欲に比重が傾いた。

「だってオイラは桜より桜餅派だもん！」

「……それはそうですな。私も桜はとても綺麗だと思いますが、桜餅の美味しさには負けると思いますぞ」

そして雷訪も食欲には勝てなかった。

今度、冬緒に頼んで桜餅を買ってもらおうと画策していると、たった今渡ろうとしていた橋の向こうに桜の木が見えた。開花してから幾分か日にちが経っているのだろう。半分ほどは既に散ってしまい、橋の上は花びらで埋め尽くされて淡紅色の絨毯《じゅうたん》が敷かれたようになっていた。

そして桜の木の傍には、車輪のついた銀色の椅子に座った女性が一人。ここの位置からでは表情はよく分からないが、絵を描いているようだ。

「「…………」」

風来と雷訪は互いの顔を見合った。

「……ちょっとだけ覗いてみよっか」

「……私たちのことなど見えないとは思いますが、気付かれないようにこっそり近付きますぞ」

「「よし」」

頷き合い、女性へと接近しようとした矢先、一人の男性が二匹を追い越して行った。

「陽向！　やっぱりお前こっちに戻ってきてたんだな……！　いつもこの辺で絵を描いているって噂を聞いたんだ」

笑顔で自分へと駆け寄ってくる男性に気付き、女性は色鉛筆を動かす手を止めて顔を上げた。

「……藤木くん？」

「そ、そう。藤木だよ！　久しぶり！」

女性は一瞬驚いた様子だったが、すぐに笑顔を返した。

「うんうん、久しぶり。前よりも男らしくなったね」

「当たり前だろ、二年も経ってるんだからよ！」

最初はぎこちなかった男性も、陽向とやらに軽快な口調で話しかけられ、硬い表情を解いた。

その様子を風来と雷訪は離れた場所で眺めていた。いくら自分たちの存在に気付く可能性が低いとはいえ、あの場に入っていくのは空気が読めない感じがして嫌だ。

「……やっぱり覗きに行くのはやめようよ」

「そうで……むむ？」

雷訪が訝《いぶか》しげな声を上げる。その視線の先にあったのは、頭を下げる藤木の姿だった。

直前まであんなに楽しそうに会話をしていたのに。

「……わ、悪かった。俺のせいであんなことになっちまって……階段から突き落とされたって聞いた時は、マジで心臓が止まりそうになったし……生きててくれてよかった」

「……もしかして、私に謝るためにこんなところまで来たの？　え、そこまでする？」

「す、するに決まってんだろ！　だって周りからお前のせいだ、お前のせいだって言われてるんだぞ！　流石に俺もやりすぎたなって後悔してるっていうか。……俺を許してくれよ」

「ふふっ、そんな気にしなくてもいいのに。藤木くんだってあそこまで大事になると思ってなかったんでしょ？」

けらけらと笑う陽向に、藤木は表情を緩ませると彼女を包み込むように抱き締めた。

「あー、お前ってやっぱりいい奴だよなぁ」

「ありがとう。今なら付き合ってあげてもいいよ？」

「え、い、いや、さすがにそれは……」

藤木はぎくりと顔を強張らせ、慌てて陽向の体から手を離した。

「冗談。もう私のことなんて忘れたほうがいいよ」

陽向がそう言うと藤木に笑顔が戻り、あからさまにほっとしたように見えて、風来と雷訪は複雑な心境になった。

「いい話ってことでいいのかなぁ？」

「恐らくは……」

「何かちょっと変な感じがしたけど」

「ただ部外者の我々には何も分かりませんからなぁ」

どんな事情があったかは知る由もないが、和解が出来たのなら何より。風来と雷訪は小さく拍手を送った。

「じゃ、じゃあ俺もう行くから」

「東京に戻っても頑張ってね～」

「……おう！」

陽向から離れた藤木が元気よく走り出す。

風来がくしゅんっとくしゃみをしたのは、二匹の真横を藤木が通り過ぎた直後だった。

「何だろ～？　あの人間が通ったらすっごいむずむずしたよ」

「ふむ、花粉でもたっぷり付着させていたかもしれませんな」

そんな会話をしながら風来と雷訪もゆっくりとその場から離れようとする。

けれどその間際に、彼らは陽向の異変に気付く。

陽向が手を小刻みに震わせながら、色鉛筆を握り締めていたのだ。腹の底から沸々と込み上げてくる怒りを必死に押さえ付けるように。

そうして大事なことに気付く。二人の会話を思い返してみれば、許しを請う藤木に対して陽向は優しい言葉をかけていたものの、「許す」という言葉は一言も口に出していなかったではないか。

見てはいけないものを見てしまったようで、二匹の背筋が凍る。

「ら、雷訪、オイラたちも早く行こう……」

「そうですな……」

一刻も早くこの場から離れたくなり、風来と雷訪は足早に橋から去っていった。

その後ろ姿を陽向が凝視していると気付きもせず。

◆　◆　◆

「ごはん～、ごはん～」

仕事が終わった後の食事は美味しい。

今夜は春キャベツと塩昆布の和え物が登場する。そんなリーク情報を掴んでいた見初の気分は上々である。

この時季しか食べられない甘くて柔らかな春キャベツは、煮込んだり炒めたりして食べるよりも、生で食べたほうがお得感があって好きなのだ。

「ぷぅぷぅ～、ぷぅぷぅ～」

春キャベツだといつもより食い付きのいい白玉もご機嫌。

軽快な足取りでホテルの裏口から出ると、既に太陽はほぼ沈みかけ、星々がちらつき始めていた。

夜が訪れようとしている。寒いばかりだった季節に比べて、日が暮れるのも大分遅くなった。そう感じていると、駐車場を一人の男が歩いているのが見えた。

藤木である。

昨日チェックインした時に桜の木が立っている橋のことを聞いていたが、今日はそこに行ってきたのだろうか。

「……？」

様子がおかしい。

覚束《おぼつか》ない足取りで歩いていて、生気の抜け落ちたような顔をしている。何というか、目の焦点が定まっていないようなのだ。

慣れない土地を観光して疲れている、で済ませるにはあまりにも異様な光景だった。声をかけてみたほうがいいかもしれない。見初がそう思ったと同時に、一台の車が駐車場に入って来た。これから宿泊する客だろう。

すると藤木の動きが途端に機敏になり、引き寄せられるように真正面からその車へと突っ込んで行ってしまった。

「えっ⁉」

鳴り響くクラクション。だが藤木が足を止めることはなかった。

ダメだ、間に合わない。最悪の光景を想像して見初は青ざめた。

「何をしているか、馬鹿者め！」

だが叱責の声と同時に、藤木の姿は消えていた。少なくとも車の運転手にはそう見えていただろう。急ブレーキをかけて慌てた様子で外に飛び出すと、藤木の姿を探している。

けれど見初の目にははっきりと映っていた。

藤木が車に接触する寸前、巨大な蛇が彼を銜《くわ》えていった瞬間が。

「か、火々知《かがち》さん……！」

蛇が消えて行ったホテルの裏に向かうと、蛇の姿から再び人間に化けた火々知が藤木を米俵のように抱えていた。不快そうに眉を顰めて。

「まったく……うちのホテルで事故なんぞ起こさせんぞ」

「でも火々知さんってまだ仕事中だったと思いますけど、どうして外にいたんですか？」

「人間の客にちょっかいを出そうとする輩《やから》がいたので、追い出してやった直後だったのだ」

二つの出来事が重なったのは偶然とはいえ、なんとありがたいタイミングか。

火々知が来てくれなかったら、藤木があのまま車と接触するのは避けられなかっただろう。

ほぉー……と溜め息をつくと同時に、安堵で見初は脱力しそうになった。しかしここで藤木を助けて終わり、ではない。

「だけど、どうしてあんなこと……」

自分から車にぶつかりに行くなんて明らかに普通ではない。不穏さを感じていると、藤木の口から苦しそうな呻き声が漏れた。

「藤木様、大丈夫ですか？」

「うぅ……」

見初が呼びかけてみるが、その声が届いているかは分からなかった。瞼を硬く閉ざしたまま、口だけを動かしている。

「ひか、り……いか……ないと……かなく……いけな……」

「藤木様？　藤木様⁉」

見初が何度も呼んでみるが、藤木が目を覚ますことはなかった。血の気の引いた顔で眠り続けている。

「きゅ、救急車呼びましょう！」

「焦るな。その必要はない」

パニック寸前の見初とは対照的に、火々知は冷静だった。

「いや、病院に運んでも意味がない。これは……ぶぇぃくしょいっ！」

「ぷぅ……ぷふぇっ！」

火々知と白玉がほぼ同時にくしゃみをした。張り詰めた空気が一瞬だけ緩む。

しかし、それはまたすぐにピンと張り詰めた。

「……この男、妙なものをくっつけてきたようだな」

すんと、洟《はな》を啜《すす》ってから火々知が忌々《いまいま》しげにそう告げたのだ。

◆　◆　◆

藤木はすぐに寮の医務室に運ばれた。そこに仕事を終えたばかりの永遠子も駆けつけ、ベッドで眠る彼の姿を見るなり顔つきを険しくした。

「すごい。妖怪の匂いが染みついている」

「そんなに匂いが強いんですか？」

「ええ。目を瞑《つむ》っていたら、人間か妖怪か判別が出来ないくらい」

永遠子の深刻そうな表情が、事の重大さを意味している。現に藤木はあの奇妙な寝言を最後に、今も眠り続けているのだ。

火々知は藤木が妙なものをくっつけてきたと言っていたが。

「どうやら少々厄介なことになってしまっているようですねぇ」

緊張を和らげるような、ゆったりとした声とともに医務室に入って来たのは柳村《やなむら》だった。

優秀な陰陽師兼ホテル櫻葉の総支配人は、藤木を数秒ほど観察すると微笑みながら自らの顎を擦った。

「彼の全身に『粉』がたっぷりと付着しています」

「粉？」

見初は藤木を注視してみるも、それらしきものはないように見える。

しかし柳村には『粉』が見えているのか、藤木の腕を指先で軽く撫でた。

「これは蛾の鱗粉ですか。しかも、あまりよくないモノですねぇ。……もしかすると藤木様が車に向かって行ったのは、この鱗粉によって昆虫の習性が植え付けられてしまったせいかもしれません」

「こ、昆虫ですか？」

思わぬ方向に話が展開している。目を瞬かせる見初だったが、永遠子はすぐに察したようで話を切り出した。

「見初ちゃん、昆虫には走光性って光に向かっていく習性があるでしょ？」

「……あ」

言われてみれば。夏などの暖かい時季に外灯や夜の自動販売機を見ると、色々な虫が集まっている。

その習性によって藤木が正気を失っていたとするなら――。

「藤木様は車そのものじゃなくて、車のライトに反応していた……ってことですか？」

「はい、恐らくは。どのように鱗粉をつけてきたかは分かりませんが、とても危ない状況だったと思います」

柳村の言う通りである。もし火々知がいなかったら、藤木は命を落としていたかもしれないのだ。それに今目覚めたとしても、また同じことを繰り返す恐れだってある。

すると、柳村が見初を安心させるように笑みを見せた。

「鱗粉は私が取り払いましょう。すぐに終わると思います」

「よ、よかった。じゃあ藤木様は元に戻るんですね」

「………」

「……永遠子さん？」

永遠子が何度も藤木の、いや鱗粉の匂いを嗅いでいる。

「この匂い……私、知ってるわ」

「えっ！　もしかしてその妖怪、うちのホテルに来たことがあるんですか⁉」

見初の問いに永遠子は首を横に振った。

「どんな姿かたちをしているかは分からない。でも匂いだけは何度も嗅いだことがあるの。……陽向ちゃんがいつも纏わせている」

「陽向さんって……」

永遠子が名前を挙げたのはまさかの人物だった。

「あの子は昔からいつも色んな妖怪に囲まれているから、色んな妖怪の匂いをつけているの。でもこの藤木様と同じ匂いだけは会う度に纏わせていたわ。東京から戻って来てからのことだから、向こうで懐かれてそのまま連れて来ちゃったんだと思っていたけど……」

永遠子の表情に焦りの色が浮かぶのも無理はなかった。藤木をこのような状態にさせた妖怪が友人の傍にいるなんて危険すぎる。

見初がそう懸念していると、ドアが小さく開いてその隙間から毛玉コンビが入り込んだ。

「み、見初姐さーん！　火々知おじちゃんが助けた人間ってここに……くちゅんっ」

「むむっ、あそこで眠っているのは昼間の……へぷちっ」

二匹仲良くくしゃみをしている。

「風来と雷訪、何か知ってるの？」

「今日散歩してたら、あの男の人が桜の木の傍で、変な椅子に座ってる女の人にぎゅって抱き着いていたんだよぉ」

「その後、彼は私たちの真横を通ったのですが、その直後から鼻がむずむずし始めたのです」

「え……えぇ？」

風来と雷訪の報告に、見初は訝しんだ。

風来の言っている変な椅子に座る女性とは陽向だろう。そして二匹のくしゃみの原因は、恐らく藤木が纏う鱗粉だ。

その二つの情報を合わせると、藤木に鱗粉を付着させたのは陽向という可能性が浮かぶ。しかし、陽向がそのようなことをするとは思えないし、そもそもただの人間が鱗粉を操ることなどできるのだろうか。

「もしかしたら……」

硬い表情の永遠子は小声で呟くと、見初へ顔を向けた。

「私、陽向ちゃんに会わなくちゃ。確かめたいことがあるの」

「あっ、永遠子さん！　私も行きます……！」

いざとなったら自分が永遠子を守らなければならない。そんな強い使命感に駆られ、見初も同行することにした。藤木には柳村がついてくれているので大丈夫、と思いたい。

「……おかしいわね。陽向ちゃんに電話が繋がらない」

そう呟く永遠子の声には焦燥感が滲んでいた。

「それなら、こっちはどうかしら」

「どこに電話しているんですか？」

「陽向ちゃんのご両親よ。……あ、もしもし。舟木《ふなき》さんのお宅でよろしいでしょうか？お久しぶりです、櫻葉です」

両親には繋がったようだ。

しかし、

「……陽向ちゃんが？　わ、分かりました。私も探してみますので。いえ、そんな……はい、はい、それでは見付かったらすぐにご連絡しますので」

この会話の流れはまさか。

固唾《かたず》を呑んで見守っていた見初へ、永遠子は溜め息混じりに話す。

「陽向ちゃん、スマホも持たないで外に出て行っちゃったみたい」

なんと、こんな時に限って。

しらみ潰しに探すしかないのだろうかと焦る見初だったが、永遠子は言葉を続けた。

「すぐに冬ちゃんを連れて来て。このお客様についてる鱗粉で、居場所を割り出せるかもしれないわ」

「はい！」

その手があった。見初は冬緒を探しに急いで医務室を飛び出した。

◆◆◆

椿の花が描かれた札は青い光を帯びており、進む方向によって強まったり弱まったりしている。光が強くなれば進行方向に鱗粉の持ち主がいて、弱まればその逆だという。

「やっぱり椿木さんのこれって、すごい便利ですね」

「……本当。私も匂いで妖怪の居場所は分かるけど、ここまで広範囲は無理だもの」

見初の隣で永遠子が俯きながら言葉を零す。

「迂闊《うかつ》だったわ。こんな大事になったのは私のせいよ。楽観視していないで、もっと陽向ちゃん自身のことを気にするべきだったのに」

「そんな、永遠子さんが悪いわけじゃないですよ。それに何が起きているかは、陽向さんに聞かないとはっきりしないんですし」

今はとにかく彼女を探すしかない。ただでさえ、夜に外出するのが難しいというのに。陽向自身のことも心配である。

見初と永遠子だけではなく、この札を預けてくれた冬緒や風来と雷訪、火々知も捜索に協力してくれているが――。

「ぷ、ぷぅ！　ぷぷぅ～！」

見初の足元で白玉が激しく鳴く。

その視線の先にあるのは、頼りなく思えてしまうほどに細い外灯。真っ白な光がその周辺だけを照らしている。

外灯に寄り添うように一台の車椅子が停まっており、金具の部分が白い灯りを反射して鋭い光を放つ。

そしてその車椅子に乗りながら、自分の体を抱き締めている女性。まるで漠然とした恐怖心に耐えているようだった。

「陽向ちゃん！」

永遠子が駆け寄ると、女性――陽向はゆっくりと顔を上げた。外灯の光の下で露《あらわ》となった彼女の顔からは、すっかり血の気が引いている。

けれど友人に心配をかけまいと思っているのか、無理矢理口角を上げて笑みを作る。

「あ、永遠……どうしたの、すごい顔してるよ」

「陽向ちゃんのことが心配で探しにきたのよ」

「心配……そっか、心配してくれるんだ。嬉しいな……」

力なく微笑む陽向に永遠子は暫《しば》し逡巡《しゅんじゅん》の表情を浮かべた後、意を決したように唇を引き締めてから口を開いた。

「ねえ、あなた……本当に陽向ちゃん？」

「と、永遠子さん？」

まさかの問いに、陽向ではなく見初も戸惑いの声を上げる。

陽向はと言えば、眉を寄せて友人を見詰めていた。が、やがて深く深く息を吐き出した。

「……だったら私も聞かせてくれ」

陽向の口から放たれたのは確かに彼女の声なのに、その口調は明らかに別の誰かのものだった。

蒼白になったままの顔で、普段の彼女とはかけ離れた静かな声で、『陽向ではない何か』はこう尋ねた。

「あなたも本当は妖怪が見えているんじゃないのか？　いつも妖怪が傍にいても気付かない振りをしていただろう？」

「ええ。……何だ、あなたも分かっていたのね」

永遠子の口調はどこか確信めいていて、しかし不思議と嫌悪感はなかった。

「高名な陰陽師の娘だということも知っていた。『陽向』はあまり気に留めていないようだったけれど……上手くやっているつもりだったのに……残念だな」

そう言ってから陽向は瞼を閉じた。

その直後、彼女の背中から白い煙が抜け出る。

煙はものの数秒で形を成していき、やがて巨大な蛾の翅を生やした妖怪が現れる。けれど陽向から完全に抜け出たわけではなく、下半身はまだ彼女の中に留まっているようだった。

陽向の体からガクンと力が抜けて、車椅子から転がり落ちそうになるのを妖怪が片手で支える。彼女たちの周りでふわりと宙を舞う光の粒は、翅から零れた鱗粉だろう。

ぽかんと口を開いて固まる見初と白玉だが、永遠子は大きな反応を見せなかった。

「……やっぱり、陽向ちゃんの中に入っていたのね。いつも匂いはするのに、あなたの姿を一度も見たことがない理由がこれで分かったわ」

「匂い？　ああ、そうか。嗅覚で人ではないものを察知する陰陽師の家系があると聞いたことがある。あなたがそれだったのか」

「……あなた、名前は？」

「標《しるべ》」

凪《な》いだ海のように穏やかな声で妖怪は名乗った。それを聞いて永遠子は次の質問をした。

「どうして陽向ちゃんの中にいたの？　この子の振りをして、人間として生きていくつもりだった？」

「そんな窮屈な生き方を選ぶほど私は馬鹿ではない。ただ……」

「ただ？」

「眠ったままの陽向を見ていたくなかっただけなんだ……」

掠れた声で答え、標は瞼を閉ざしたままの陽向を縋《すが》るような表情で見下ろした。

◆　◆　◆

最早ここは自分たちの居場所ではない。

そう吐き捨てて多くの仲間が人間の少ない田舎へと引きこもった。

天まで届かんばかりの建造物。

汚い煙を吐き出しながら灰色の道を駆ける鉄の塊。

人間が作った、静寂の夜を容赦なく照らす灯り。

人間の都合で作られた人間の街は、妖怪にとっては居心地が悪かった。夜は静かに穏やかに暮らしたいと考える彼らにとって、『暗いから明るくする』なんてやり方は理解も納得も出来ない。

だから離れるという道を選んだ。

人間に手を出す者はいなかった。人間よりも格上の存在であると自負しているが故に、弱者を痛め付けるのは妖怪としての誇りを傷付けることと同義としたのだ。

そんな仲間たちを標は見送って、このいとわしい夜に留まり続けていた。

自分で言うのも何だが、人間たちが作り出した夜の街を気に入った悪趣味な妖怪だったからだ。高すぎる建物も鉄の塊も好きではなかったが、『光』は別だった。

至るところに様々な形や大きさをした光が存在し、高いところから街を見下ろすと、黄金と宝石を詰め込んだ宝の箱を眺めているような気分になった。

それに近頃は気に入った人間もいる。

名前は陽向。毎日派手な服を着て、夜の街に現れる。男の客たちに酒を注ぎ、他愛のない話で盛り上がる。嘘の言葉に空っぽの笑顔。意味のない時間が流れる中で、いつもその姿を眺めていた。

酔っ払いの相手など面倒だろうに、いつも笑顔を絶やさないひたむきな姿に惹かれたのだ。陽向の笑顔は月光や人間の光と違って、暖かみのある陽光を彷彿《ほうふつ》させるからかもしれない。

それに加えて陽向は不思議な体質をしていた。標のように街に留まることを決めた妖怪をいつも纏わりつかせ、その存在にこれっぽっちも気付いていない。

なのに標のことだけは見えるらしく、仕事中に何度もこちらを見て、時折小さく手まで振るのだ。唯一見えてしまう妖怪を恐れないどころか、親しみまで持つ始末。

そんな彼女の優しさが嬉しくて、眩しかった。人間ではない自分がこの街に棲むことを許されているような気持ちになった。

手を振り返してやれば喜ぶだろうか。一度も言葉を交わしたことはないけれど、友人と思ってもいいだろうか。

そして結論が出せないまま、陽向が非常階段から突き落とされたあの夜が訪れてしまった。

「いつからか陽向は、他の女たちから嫌がらせを受けて孤立していった」

嫌な光景を思い返しているのか、標の声に怒気が入り混じる。

「陽向には悩みを聞いてくれる恋仲の男がいた。だけどそいつも陽向を裏切って、陽向を責め立てたよ。挙句の果てに一方的に別れを告げた。馬鹿で浅はかな男だった。ちょっと見栄えのいい女に誑《たぶら》かされて、その女に心移りしてしまったんだ」

あの夜、陽向はその男に「二人きりで話がしたい」と、ビルの非常階段に呼び出された。そこで男に散々罵られて、別れを告げられて、田舎に帰れと嘲笑《ちょうしょう》された。

いつもは温厚な陽向も激怒して、やがて揉み合いが始まった。その際、男に強く突き放されたせいで、陽向は体勢を崩して階段から転がり落ちていった。

その光景を標は二人の真上から見下ろしていた。

助けようか迷う気持ちも存在したのだ。けれど、妖怪は人間に過干渉してはならないという考えが標を躊躇わせた。

その結果、陽向は階段から落ちて――目覚めなくなった。

「死なずに済んだ。だけどずっと眠ったままだったんだ。出雲の両親だけでなく、友人もわざわざ見舞いに来てくれたが、声をかけても反応がなかった。心臓は動いているのに、死んでいるのと大差がない状態。……そんな陽向がいることに耐えられなかった。目を覚まして、また笑顔を振りまく陽向に戻って来て欲しくて、彼女の振りをするなんて馬鹿なことを始めたんだよ」

そう言い終えてから項垂《うなだ》れた。

暗い闇夜へと沈んでしまった陽向の心は今も帰って来ない。

夜に外灯の光を見れば、標の意思とは関係なく体が震え出す。目覚めたくないと彼女自身が望んでいるかもしれないのに、それを邪魔しているのではないかと何度も思った。陽向があんな目に遭うのを何もせず見ていたくせに、また笑顔が見たいなんて虫がよすぎるではないか。

自分の不甲斐なさを責めて、責めて。

それでも、こんな無意味な行為を続けていた。

◆　◆　◆

「東京から帰ってきた陽向ちゃんが陽向ちゃんじゃなかったなんて、全然気付かなかった……」

全てを語り終えた標に対して、永遠子は驚きを隠せずにいるようだった。妖怪が一人の人間を演じ続けていたなんて、俄《にわ》かには信じがたい出来事なのだ。

永遠子の反応を一瞥してから、標は眠っている陽向の膝へ視線を下ろした。そこにはスケッチブックと色鉛筆のケースがあった。

「……いつも陽向のことを見ていたから、真似をするのはそんなに難しくはなかったよ。時々どうしようもなく虚しさを感じることがあったけれど。ただ以前の陽向と同じ行動をしていたら、それが呼び水になって目覚めてくれるかもしれないと淡い期待もあった」

「もしかして絵を描いていたのも、陽向さんのために？」

「ああ。陽向は特に夜の風景を描くのが好きだった。ビルの上から喧騒の夜の街を見下ろすのが好きだったんだ。……けれど無理だった。寒くもないのに全身が震えて、鉛筆を満足に握ることすら出来ない」

淡々とした物言いをして、標は陽向の手を握り締めた。

文字通り陽向の苦しみを感じ続けてきた。それがどれだけの負担だったかは、諦めと疲れが綯い交ぜになったような標の顔を見れば察することが出来た。

心から陽向を大切に思っていたのだろう。けれど標には聞かなければならないことがある。硬い表情をした永遠子がそれを尋ねる。

「標、藤木さんって人知ってる？」

「……知っている。昼間、陽向に話しかけてきた人間の男だ。どの面下げて来たかと思えば、急に抱き着いてきて、腹が立って思わず大量の鱗粉をつけてしまったけれど、どうなった？　電柱に上って外灯にでもしがみついている頃か？」

「車に轢《ひ》かれそうになったわ」

永遠子の言葉に標は瞠目《どうもく》したが、すぐに平静を取り戻して「いい気味だ」と吐き捨てた。

「陽向にしつこく言い寄って拒絶された腹いせに、あいつが店の女や従業員たちに妙なことを唆《そそのか》して、そのせいで陽向はあんな思いをした。陽向から恋仲の男を奪うよう女に仕向けたのもあいつなんだ。退院してこの地に戻った陽向を追いかけて来たのは、周囲の人間から『お前のせいだ』と責められるのに耐えられなくなったからだろう」

「そうだったのね……」

「自分の保身のために、許してもらおうと思っていた奴だ。いっそそのまま車に轢かれて死ねばよかったんだ。あなただってそう思うだろう？」

声を僅かに震わせながら問いかける標に、永遠子は数秒ほど考えてから首を横に振った。

苦しげに顔を歪ませて。

「あなたの気持ちはよく分かるわ。私だって藤木さんがやったことは許せない。でもね、私はあなたと同じ気持ちにはなれない」

「…………」

標は何も言葉を発さなかった代わりに、ほろ苦い笑みを見せた。そして陽向の頬を労わるように撫でた。

「命を奪うつもりはなかった。だが結果として、人間を殺めそうになったんだ。もう私は陽向の傍にはいられない。……だから陽向のことを頼む」

「あなたはどうするの？」

「私も仲間たちのように山奥にこもるよ。月と星の光だけが存在する、かつての生き方に戻るだけだ」

気遣うような永遠子の問いに標は目を伏せて答えながら、陽向の中から完全に抜け出そうとした。

だが、その動きが止まる。止められたと言うべきか。

陽向の手が標の着物の裾を摘まんでいるのだ。

「陽向？」

標が驚いて陽向の顔を覗き込むが、先程と変わりない穏やかな寝顔があるだけだった。

困惑した表情で標が陽向の手を引き剥がそうとするのだが、

「待ってください」

見初が標の腕を握り締めた。そして目を見張る標に訴えかける。

「待ってください……いなくなる前に陽向さんを呼び戻しませんか？」

「……私では無理だと言ったはずだ」

「何で諦めちゃうんですか⁉　標さんだけじゃ無理なら私も手伝います！　私だって本当の陽向さんの笑顔を見たいですから……」

このまま標がいなくなって、陽向は眠り続けて。

そんなの悲しすぎる。標の思いだって報われていいはずだ。

「そうね。陽向ちゃんが目覚めるきっかけを作れるのは、ずっと傍にいたあなたかもしれない」

永遠子も標の手を両手で包み込む。

三人の人間に引き留められ、標は躊躇いがちに視線を彷徨わせた。その様子がまるで小さな子供のように見初には見えた。

「けれど、どうすればいい？　陽向を呼び戻す方法なんて――」

「標さんがやり遂げてないこと、まだあるじゃないですか」

見初が手に取ったのは陽向のスケッチブックだった。

「陽向さんが好きだった夜の風景を描くの、今挑戦してみませんか？　自分が大好きなことをしていたら、陽向さんもつられて戻ってきてくれるかもしれません」

「体が震えて鉛筆も上手く握れないのにどうやって？」

早速痛いところを突かれてしまい、今度は見初が目を泳がせる番だった。

「えっと、描くのは標さん……が入っている陽向さんが描けないなら、私が陽向さんの手になります！」

「は？」

何を言っているんだ、この人間。標の顔にはそう書いてあるようだった。

しかしここで引き下がる見初ではない。

「私が陽向さんの手を握って絵を描きます！　細かい描き方は標さんが教えてくれたら！」

正直絵心に関しては、永遠子のことをとやかく言える立場ではない。

けれど出来ることは何でもしたいのだ。そう思っていると「見初ちゃん」とやけに引き締まった表情の永遠子に名前を呼ばれた。

「私が描くわ」

「え？」

「私が陽向ちゃんの代わりに絵を描くわ」

「………………」

永遠子、まさかの宣言。

走馬灯の如く見初の脳裏を駆け巡る、永遠子作の芸術作品たち。やめたほうがいいのでは、というのが正直な感想だった。

けれど真剣な面持ちの永遠子を止めることなんて出来ない。それに友人を救いたいと強く願う彼女の気持ちを拒否など出来るはずがなかった。

標もじっと永遠子を見詰めてからゆっくりと頷いた。

「分かった、永遠子。あなたに頼もうと思う」

静かにそう言うと、標は陽向の中に戻って行った。

◆　◆　◆

しゃがみ込んだ永遠子が外灯に照らされた白い紙に紫色の鉛筆をゆっくりと走らせていく。陽向の右手を握って。その隣では陽向の中に戻った標がじっと見守っていた。

正直、この永遠子という人間はあまり絵描きに向いていない。最初に黒い鉛筆で紙を一面塗り潰そうとしたのだ。「安心出来るように手を繋ぎましょう！」と陽向の左手を握ってくれている人間と白い仔兎も、それを見て絶句していた。

そう。見初のおかげなのか、先程から不思議と体の震えが起こらないのだ。片手が塞がっている状態だが、今なら標でも描けるかもしれない。一瞬そんな考えが浮かんだが、永遠子に任せたいという思いもあった。

それは多分、昔の陽向を思い出すからだろう。

かつての陽向も絵が下手だった。彼女の中に残されていた記憶がそれを教えてくれた。

陽向の画力が向上したのは東京に来てから。暇な時間があればいつも何かを描いていた。

仕事が休みの日は欠かさずビルの屋上に向かい、そこから見える光の世界を数種類の鉛筆を使って紙に閉じ込めた。

――向こうに戻ったら、みんなにも見てもらいたい。

一度だけそんな呟きを零した夜があった。

きっと陽向は、夜の街に自分の居場所はないと悟ってしまっていたのだ。人間を疎んで去っていった妖怪たちと同じように彼女も街から去るのかと、少し寂しくなったのをよく覚えている。

だってその翌日に陽向は階段から落とされたのだから。

「ありがとう、標」

永遠子に礼を告げられ、標は訝しそうに眉を寄せる。感謝される道理などない。自分は陽向に成りすまして、周囲の人間を欺き続けていたのだから。

なのに永遠子は微笑みながら言うのだ。

「確かに私たちはあなたに騙されていたのかもしれないけど……それでも出雲を離れてし

まった陽向ちゃんを見守ってくれていたんだもの。あの子が一人じゃなかったんだって分かって、ほんの少し救われた気がしたのよ」

「は……」

救われた。そんな言葉、自分のような妖怪には一番相応《ふさわ》しくないと鼻で笑う。

柔らかに笑う人間に対して理不尽な怒りが込み上げた。

理不尽。そう。こんな感情を彼女にぶつけることが正しくないことくらいは理解している。これは単なる八つ当たりだ。理屈では分かっていても、声に出さずにはいられなかった。

「私は陽向以外の人間は嫌いだ。憎んですらいる。あなただってそうだ」

「そう」

「……怒ろうとも悲しもうともしないのか」

「妖怪に憎まれるのは慣れているから。次はこの色を使えばいい?」

そう答えて、永遠子は青い色鉛筆を手に取った。

慣れている? 慣れることなどないだろうに。

現に陽向は毎日辛そうにしていた。

店の売上を横領していると疑いをかけられて、店長と交際しているだのありもしない噂を流されて。

店の女たちに水をかけられて、私物を捨てられて。

未来を誓い合った男に貶《けな》されて、捨てられて。

趣味だった絵を描くのもやめてしまって。

嫌いだ。陽向を苦しめた人間たちなど嫌いだ。この永遠子だって例外ではない。

陽向の友人だというのなら、どうして。

「どうして陽向が一番辛かった時、あなたのような人が傍にいてくれなかったんだ……」

酷い責任転嫁ではないか。永遠子を責める理由なんてないはずなのに。

怖いのだ。人間のせいにして憎むのをやめてしまったら、陽向を見殺しにした自分の罪と向き合わなければならなくなる。一方的に友人と思い込んで、結局は人間同士の揉め事だからと何もしなかった。

挙句にこの子の振りをして、彼女の家族や友人を騙し続けた。

恨むのは人間だけじゃない。標自身も――。

「あら、何かすごく落ち込んでるみたいだけど何かあった？」

隣から友人の声がした。そんなはずはない。陽向は自分が動かしているのだから。

けれどたった今まで永遠子がいた場所に、笑顔の陽向がいた。永遠子が持っていたスケッチブックも、色鉛筆も彼女が持っている。夢か現実か、曖昧《あいまい》な世界にいるような不思議な感覚だが、目の前にいるのは確かに陽向だ。左側の人間と仔兎に反応がないということは、見えているのは恐らく自分だけなのだろう。

「陽向……」

「やっと面と向かってお話することが出来た。いつも少し離れたところでじーって見てたでしょ？　一度こうして話してみたかったんだ」

「……私なんかと？」

「うん。あなただって、私と話したそうに見えてたけど」

そう、だったろうか。けれど『もしかしたら』の時があったら、どんな風に会話をするのかと夢想することはあった。

「あなた、名前何て言うの？」

「……標」

「ねえ標、知ってる？　私って臆病だから夜がとっても怖いの」

「知っている。あの夜を思い出すから辛いんだろう？」

「外れ。そうじゃないの」

陽向の手が標の頬に触れる。温かいのか、冷たいのか分からない不思議な感触だった。

まるで明るいのか暗いのか分からない夜みたいだ。

「あなたって蛾でしょ？　翅の形が蝶とは違うし」

「ああ」

「蛾は夜に飛ぶ虫で……だから、いつか私の中からいなくなっちゃうんじゃないかって不安だったの」

「私なんていなくても……」

「ずっと私のことを見守ってくれていた大切な友達がいなくなるんだよ？　そんなの辛いよ……」

声を震わせながら語りかける陽向に、目の奥が熱くなる。

こんな妖怪なんかを友人と思ってくれている。そんな馬鹿な考えは捨ててしまえと言うのが正しいのに。

「けれど、いつまでもこんなことじゃ駄目だよね。あなたの大きくて綺麗な翅は夜空を自由に飛ぶためのものなのに、私なんかのせいでいつまでも飛べないままなのは勿体ないよ」

「そんなことを言わないでくれ。わた、私は……」

「それにいつまでも永遠たちに迷惑かけられない。――今までありがと」

別れを告げた陽向の笑顔に迷いはない。けれど溢れる涙を止めることは出来なかった。

頬を伝って零れた涙が紙に滴り落ちて、そこに描かれた夜をぼやけさせた。

「陽向……」

どうか、泣かないでくれ。それは陽向だけではなく、標自身への願いでもあった。

やっと大切な人に再会出来た。初めて言葉を交わすことも出来た。たとえ今生の別れだとしても、泣いてばかりいるのは寂しい。

「礼を言うのは私のほうだよ、陽向。あなたは私にとっての光だったんだ……」

だからいつまでも夜の世界に留まっていないで、そろそろ目を覚まして。

眩しくて暖かな朝が君を待っている。

標が入っていたはずの陽向が突然倒れ込んだのは、永遠子が絵を描き終えた直後のことだった。

見初と永遠子が慌てて声をかけると、暫くしてから瞼を開いて、

「……永遠？　なんで？　それと……だぁれ？」

陽向は永遠子と見初を交互に見てから、怪訝そうに瞬きを繰り返した。

永遠子を知っていて、見初を知らない。そのことに永遠子が瞠目する。

「あなた、陽向ちゃんなの？」

「え？　私はずっと陽向だよ……」

困惑したように言葉を返す陽向を、永遠子は力いっぱい抱き締めた。

一方、見初は周囲を必死に見回していた。

「標さん……？」

この時を待ち望んでいたはずの妖怪の姿がどこにも見当たらないのだ。

陽向が目覚めて、自分の役目は終わった。そう納得して去ってしまったのかもしれない。

最後にお別れの言葉を言いたかったと残念に思っていると、

「……今って冬なの？」

夜空を見上げて陽向が疑問を口にした。

真っ暗な空に漂う光の粒。外灯の眩い光に比べたら儚く頼りないそれらは、どこか雪にも似ている。

見初も永遠子も、それが標の鱗粉だとすぐに気付いた。

一匹の蛾が人間の友へ残した別れの印。そのうちの一粒が陽向の頬に触れて消える。

「……るべ？」

「え？」

陽向の言葉に永遠子が目を見張る。聞き違いであろうか。陽向に目を向ければ、何事もなかったように夜空を見上げ続けている。

「あれ、すごく綺麗な景色だからかな。感動して泣けてきちゃった……」

陽向の瞳から流れた涙は、外灯の光を反射して宝石のように煌《きら》めいた。

見初が寮の医務室に行くと、藤木はいなくなっていた。目覚めたかと思うと、すぐに逃げるようにチェックアウトしたらしい。鱗粉の効果も解けたので、柳村も止めなかったとのこと。

◆◆◆

けれど柳村から自分の身に何が起きたのか聞かされて、顔面蒼白になったのだという。

そして声を震わせながら呟いたそうだ。

「陽向に呪われたんだ」と。

何と自分勝手な。話を聞いた見初は苛立ちを覚えてしまった。元はといえば藤木の愚行が事の発端であり、陽向を非難する資格などない。憤っていると柳村が静かな声で言った。

「……ですが彼もまた元のような生活は送れなくなるでしょうね」

「え？」

「私が見たところ、常に他人の目を気にされているような方でした。人の噂というのは想像以上に広まるものですからねぇ。それらから逃れ続けなければならない未来が待っていると思います」

「…………」

言葉を失う見初に言い聞かせるように柳村は続ける。

「藤木さんが陽向さんに対して行ったことが自分に跳ね返ってくる。因果とはそういうものです。それは私を含めた誰に対しても言えることですが……失礼、暗い話になってしまいましたね。それで陽向さんのご様子はどうでしたか？　彼女にしてみれば、目が覚めたら車椅子に乗っていたということになりますが」

「……とっても強い人でした」

見初は安堵と悲しみを混ぜ合わせたような笑みで答えた。

──結構大変だけれど、頑張っていこうと思う。落ち込んでも何も変わらないから。

陽向は眉を下げながらも笑みを崩そうとはしなかった。まだ回復の見込みがあるのであれば、リハビリにも挑戦すると語っていた。

今度は負けたくない、とも。

東京での出来事は陽向の心を苦しめたが、今になってそれに対する怒りと悔しさが込み上げてきたのだという。

それと陽向は妙な夢を見ていたと話してくれた。

「暗闇の中でずっと蛾を追い続ける夢だったそうです。いつの間にか外灯に辿り着いたと思ったら、蛾がその外灯にすーっと入っていっちゃったみたいで。どうにかして蛾を取り出さなきゃ！　って思ってたら目が覚めたんだって、笑って言っていました」

二年ぶりに目覚めた陽向は、二つの事柄に関することだけを忘れていた。

一つは東京で必死に絵を描いていた頃の記憶。東京から持ち帰ったスケッチブックを見て、「これを描いたのは自分ではない」と驚愕したらしい。

そしてもう一つは、標のこと。

……標は確かに陽向から飛び立って行った。

ひょっとしたら、その際に名残を惜しんで持ち去ってしまったのかもしれない。

陽向が一番輝いていた時間を。

そういえば、と柳村が思い出したようにこう尋ねた。

「時町さん、あなたは陽向さんの手をずっと握っていたと言っていましたね」

「はい。そうすれば少しでも怖いって気持ちが和らぐと思ったので……」

「ひょっとすると、無意識のうちに触覚の力がはたらいたのではないでしょうか」

「えっ？」

まさかそれで、陽向の中から無理矢理標を追い出してしまったのでは。

しかし柳村は、見初の懸念を払拭するように首を横に振った。

「能力によって標さんが奥底で眠り続けていた陽向さんの意識に邂逅することが出来た、ということです。それにより、陽向さんを呼び戻せたとしたら——」

「私の力で……」

「時町さんの気遣いが彼女たちを救ったということです。人間も妖怪も救う。これは高名な陰陽師ですら成し遂げるのは難しいんですよ」

「……はい」

人間も妖怪も救う。その言葉に見初は大きく頷いた。

◆　◆　◆

東京での出来事を思い返すと、今でも胸の中がざわつく。

しつこく言い寄って来た男をすっぱり振って一件落着かと思えば、それがすべての始まりだった。店の仲間も馴染みの客も離れてしまって、挙句の果てにこの足だ。笑ってしまう。いや笑えないか。

しかも付き合っていた男に階段から突き落とされてからの記憶が一切ない。かなり深刻な状態にもかかわらず、自分は目を覚ました。意識だけは眠ったままで。

高校からの友人の永遠子曰く、どうやら自分以外の誰かが自分の振りをして生活していたらしい。

嘘のような本当の話だ。両親も地元の他の友人もそのことには気付いていていない。

つまり二重人格？　と永遠子に冗談半分で聞いてみれば、「それともちょっと違うかもしれないけど」と困ったような笑顔が返ってきた。

もしかして自分の中にいたのは妖怪とかそういう類《たぐ》いだろうか。

だったらちょっと勿体ない。妖怪と話せる絶好のチャンスだったのに。

「……うわぁ、全部綺麗」

スケッチブックに目を通す。

橋の隅っこに佇む桜の木。川をぷかぷかと泳ぐ鴨の親子。ビルから見下ろす夜の都会。

これらは記憶にない自分と自分を演じていた『誰か』が描いたものだと永遠子が言っていた。夜の光景を描いたのは恐らく自分だろう。そんなことをどれだけ繰り返したかは分からないが、こんなに上達していたなんて信じられない。

美術部の顧問に「趣味で描く程度なら、まあ」と微妙なことを言われたことがあり、陽向も絵の下手さを自覚していたのに。

結局、その数年間の努力も、こうして無駄になってしまったわけだが。忘れたい記憶ははっきり残っているのに、大切な何かを思い出せないもどかしさで心が沈む。

永遠子に問い質しても、納得のいく答えは返って来ない。疑問はどんどん溢れて、頭の中で縺《もつ》れていく。それでも私の中にいた『誰か』も大切な存在だったと憶測すれば、そのうちに思い出すかも、なんて楽観視してしまう。

だってこんな現実離れした出来事に、少しの嫌悪感も抱いていないのだから。

最後のページに描かれた、暗闇をぼんやりと照らす外灯のイラスト。お世辞にも上手だとは言えない。これだけは永遠子が描いたのだという。……『誰か』に描き方を教わりながら。

「いいなぁ」

一人ぼっちの部屋の中で羨望の言葉を零してから、色鉛筆の収納ケースを手に取る。どれだけたくさんの絵を描いたのか、中を確認してみれば半分まで背を縮めた色ばかりだった。

特に青、紫、黒。スケッチブックに描かれた夜の絵には、この三色がよく使われていた。

夜の闇を黒以外で表現するなんて、昔の陽向では考えもしなかったことだ。

またいつか、こんなふうに絵が描ける時が来るだろうか。

そうすればいつか『誰か』が絵の描き方を教わりたいと、ひょっこり会いに来てくれるかもしれない。

第二話　恋してときめき竜宮城

男は語る。

「世の中、金が全てではないと吾輩《わがはい》は思っている。つまり値段が高いからと言って、それが上質とは限らないというわけだ。安くても美味いものは美味い。例えばそう……ワインだ。近頃はファミレスで注文することも出来、高級感が失われてしまったが中々に美味い。気軽に飲むには最適だ。……だがしかし！」

そこで男は拳を握り、力の限り叫んだ。

「やはり高いワインは美味い！」

「そこに至るまでの理論が全部台無しじゃないですか！」

「結局金が全てってことだろ！」

「ぷぁー！」

真面目に耳を傾けていた時間は何だったのか。何でこんな話を聞かされなければならないのかという思いを込めて、見初《みそめ》と冬緒《ふゆお》（ついでに白玉《しらたま》も）は厳しいツッコミを入れた。

朝食を食べていると、見初たちの座るテーブルに火々知《かがち》がふらりと近づいてきたのがすべての始まりだ。

やけに真剣な面持ちをしているので、大事な話があるのかと身構えていたらこれである。まあワインのくだりになった辺りから、「ああ……」という雰囲気は醸《かも》し出されていたわけだが。

「火々知さん、何かあったの？」

唯一冷静なのは永遠子《とわこ》だけだった。優しいというより、気遣うような声音で火々知に尋ねる。理不尽なクレームを連発する客を相手にしている時のようだった。

すると火々知はゴホンと、大ボリュームの咳払いをした。

「実は吾輩、先月ワインを注文してな」

「火々知さんってしょっちゅう自分用のワイン頼んでるから、そんなに珍しいことでもないと思いますけど～……」

「これまで買ったワインの中でも一番高かったのだ」

「だったら味も期待出来るかもしれないわね」

「だが流石にあんなに高いものを買ってしまい、後悔しないだろうかという気の迷いもあり……」

「ぷ？」

またこの辺りで話の流れがおかしくなってきた。

「だからお前たちに『高額のワイン＝素晴らしい』説を語ることにより、吾輩の衝動買い

「を正当化しようと……」

「そんなことに俺たちを巻き込むんじゃない！」

三人と一匹を代表して冬緒が叫んだ。物欲に負けて高いものを買ってしまい、それを正当化したい気持ちは分かるのだが。

「だが、吾輩の不安な気持ちはどうしたらいいのだ」

「火々知さん、自分の気持ちには最終的に自分が向き合わなくちゃいけないんですよ。他人を頼っちゃダメです」

「ぷぅー」

「うむ……」

若者と獣から説教されて火々知からは覇気が消える。が、ここで退く彼ではない。

「ならばせめて今晩吾輩の部屋に来い」

「え？　何でですか？」

「件《くだん》のワインが本日の18〜20時便で届く予定でな。お前たちが開封の儀に立ち会えば、吾輩も冷静にワインの味を確かめることが出来よう」

「でも俺たちの有無でワインの味が変わるわけないだろ……」

「何を言うか。『高いワインだからきっと美味しいはず』という先入観で味覚がおかしくなる可能性もあるのだぞ」

「火々知さん、あなたの職業が何だったのかを思い出してちょうだい」

値段に惑わされてワインの味が分からなくなるかもしれない。ソムリエとして大問題の発言だ。

しかし、こういう時に放っておけないのが見初たちである。

その夜、火々知の要望通り三人と白玉は彼の部屋に集まった。

「ふん、よくぞ集まったな。少しくらいならワインを分けてやろう」

「あ、翌日に響くので私たちはいりません」

「そうか。ならば、こんなこともあろうかと用意しておいた葡萄《ぶどう》ジュースでも馳走してやろう。クラッカーとクリームチーズもあるぞ」

「しょうもない理由で俺たちを呼んだくせに、おもてなし精神はしっかり持ってるな」

だが夕食後のおやつとしてはちょうどいい。

クリームチーズが載ったクラッカーを食べつつ、果汁１００％葡萄ジュースで喉を潤していると、ついにその時が訪れた。

火々知がかつてないほど大真面目な顔をして、一本のボトルとワイングラスを用意し始めたのだ。

「あら、それが噂の高いワイン？」

「うむ。もしこれが美味かったら吾輩は感動のあまり暴れ出し、不味ければ絶望と怒りで暴れ出すぞ」

つまりどちらにしても暴走するようだ。こんなくだらないことで触覚の能力を使うのかと見初が遠い目をしていると、火々知はボトルのコルクを抜いた。キュポン……と弱々しい音がした。

「いざ行くぞ……散々値切りまくってどうにかギリギリ六桁で手に入れた高額ワイン！」

六桁とは値段のことだろうか。しかもギリギリって。実際いくらで買ったのか、質問してはいけない気がする。

見初たちが今の発言を聞かなかったことにする中、火々知はグラスに向けてそっとボトルの口を傾けた。

ドゥルン。

そんな擬音が聞こえてくるようだった。

ワイングラスを満たしていく赤紫色。色も香りもワインそのものなのだが、明らかに草のような物体が混じってドロドロしている。

「うわぁっ、すごく気持ち悪い！」

見初は謎の液体をストレートに罵倒した。ワインとしての気品がまったく感じられず、見る者に生理的嫌悪感を与える。

「火々知さん、まさか騙されて変なのを買わされたんじゃないかしら」

永遠子の発言に、重苦しい沈黙が室内にのしかかる。被害総額六桁という文字が見初の脳内に浮かび上がる。

「飲むのやめて警察に通報したほうがいいんじゃないのか？　もはや味とか香りとかの問題じゃなくなってるだろ」

「待て！　こんなにも芳《かぐわ》しい香りのするワインなど吾輩は出会ったことがない！　見た目なんぞに騙されんぞ……！」

そう言って火々知は、よく分からない液体を一気に呷った。

「んぐっ⁉」

そして床の上でのたうち回り始めた。

「か、火々知さん！　今すぐ吐き出してください！」

「ぷぅぅっ！」

白玉が火々知の口をこじ開けようとする。

しかし時既に遅し。ゴクンと、嚥下《えんげ》する音がやけに大きく聞こえた。

「これは……甘みと渋みが見事に調和した最高の味だ。風味も大変豊かで、まるでワイン樽に詰め込まれているような気分にさせてくれる」

火々知が恍惚《こうこつ》とした表情で感想を述べる。

「……とりあえず美味しいってことなの？」

「当然よ。永遠子も飲むか？」

「飲みたくないわねぇ」

永遠子は即答した。

しかし味はワインそのものだと分かった。

「だけど、どう見ても飲んじゃいけない見た目してるんですけど……」

「そんなことはないぞ。口に入れて分かったが、これは人間たちにとって身近な食品だ」

円を描くようにワイングラスを揺らしながら火々知が言う。

「身近な食品ですか？」

「ずばり……もずくだ！」

「もずくぅ⁉」

スーパーでよくパックで売られているアレだろう。だったら別に食べても大丈夫、で済む話ではない。

「何でワインにもずくが入ってんだよ！　百歩譲って異物混入だとして量がおかしい！」

「そ、そうね。どう考えても普通じゃないわ……」

訝《いぶか》しげな表情で永遠子が空になったグラスにボトルを傾ける。

すると僅かな水音を立てて、サラサラとしたワインが出てきた。

「あ、あれ？　普通にワインが出てきましたよ」

「たったそれだけのことなのに、すごく安心感があるな……」

見初と冬緒が首を傾げていると、火々知は安堵《あんど》した表情でグラスを掴んだ。

「まあ高級ワインなのだ。ボトル口の辺りで海藻が詰まっているくらいのことはあろうて……」

「ないと思いますけど……って、火々知さんワインが！」

「む……？　な、何ぃぃぃっ⁉」

火々知がグラスを手に取った途端、サラサラワインがドロドロになった。もずくがこれでもかと存在感を主張してくる。

しかし永遠子が注いだ時は、確かに純度１００％のワインだったのだ。なのに火々知の手に渡ったら、もずくのワイン和えに変貌した。

つまり……。

「ワインがどうこうっていうより、火々知さんが原因なんじゃないのか？」

「何故そうなる」

冬緒の推理に火々知がすかさず反論した。

「だって、そうとしか考えられないじゃないの」

「火々知さんが持っただけでワインにもずくが混入するって、結構まずい事態ですよ」

「ぐぬ……」

永遠子と見初にまで言われてしまい、流石に火々知も押し黙ってしまった。

ソムリエとしては致命的だ。レストランでもずくの入ったワインを出されたら、誰だって度肝を抜かれるに決まっている。わけが分からなくてどう苦情を訴えればいいかと混乱してしまう。

「真剣に考えましょうよ、火々知さん！　何か心当たりはありませんか？」

「心当たりと言われてもな……」

「例えばもずくに関係することとか！　何でもいいですから！」

このままでは火々知のソムリエ人生に大きく影響してしまうので、見初も必死である。

すると何かを思い出したのか、火々知が目を見開いた。

「もずく……もしや、あの時か？」

「ぷぅ？」

「ああ。あれは吾輩がサイクリングを楽しんでいる時のことだった――」

火々知は神妙な表情で、一週間前の出来事を淡々と語り始めた。

◆　◆　◆

暖かい季節になったので、その日は海岸付近を自転車で駆けていた。

「だ、誰か助けてくだせぇ〜！」

と、情けない悲鳴が聞こえてきたので、火々知はペダルを踏む足を止めた。

海岸へと目を向ければ、そこにはいかにも雑魚そうな妖怪が数匹。彼らは楽しそうに丸い物体を踏みつけていた。

亀の甲羅だ。頭と手足を引っ込めて、防御態勢に入っている。

「誰かこいつらを追っ払ってくだせぇ〜！」

「ははっ、甲羅に籠ってるだけでな〜んも出来ねぇでやんの！」

「亀がノロマっていうのは本当だったんだな！」

「もっと蹴って怯えさせてやろうぜ〜！」

酷い様相だと火々知は眉を顰めた。あのような連中は自分よりも強い妖怪には決して手を出さないくせに、弱いと分かると複数で囲んでいじめるのだ。

奴ら如きではあの亀の甲羅を砕くどころか、傷一つつけられないだろう。それにその内、亀いじめにも飽きていなくなる。

なので火々知が助ける必要もないのだが、どうにも気分が悪い。

「ひぃ〜！　いい加減やめてくれぇ！　あっしは早く海底に戻らなきゃいけねぇんだ〜！女将に怒られちまう！」

「だったら、とっとと頭出しやがれ！　そしたらボッコボコにし……うわぁぁぁっ！」

突然現れた巨大な鞭《むち》のようなものが、妖怪の一人をどこかへ弾き飛ばした。

「な、何だ今の……うひゃあっ！」

「お前らどうし……ひぎゃぁぁぁっ！」

他の妖怪も同じような目に遭い、そこには亀だけが残された。

「おりょ……あっしは助かったのかい？」

亀は目を丸くしながら頭と鰭《ひれ》のような手足を出した。普段水中で暮らしている海亀だ。

「助かったのではなく、助けられたのだ。まったく……」

火々知は海亀に対して呆れを含んだ物言いをした。元の姿に戻った火々知が尻尾で妖怪たちを撃退したのだ。

海亀もそのことに気付いたのか、安堵で表情を緩ませる。

「あんたが助けてくれたのか……何ていいお方でさぁ！」

「ふん、弱いものいじめをする奴らが気に入らなかっただけだ。では吾輩は帰るぞ」

「待ってくだせぇ！　せめてお礼をさせてくれぃ！」

「礼？　ただの海亀に何が出来るというのだ」

溜め息混じりに火々知が尋ねると、海亀は首を横に振った。

「いやいや、ただの海亀じゃありやせん！　なんたってあっしは――」

「あの亀は竜宮城のスタッフだそうだ」

「「竜宮城⁉」」

「ぷぅぷぅぷぅ⁉」

海亀のまさかの正体に見初たちは驚愕した。

竜宮城って、まさか浦島《うらしま》家の太郎《たろう》さんが亀を助けたお礼として招かれたあの竜宮城なのだろうか。

となると、海亀の言っていた『女将』とは乙姫《おとひめ》……？

困惑していると、火々知が詳しく説明してくれた。

「昔話で登場する竜宮城ではない。あくまであれをモチーフにした宿泊施設で、海に棲《す》む妖怪たちが経営しているそうだ。何でも人間の宿を参考にして、自分たちもビジネスを始めたらしい。通貨の代わりに美しい貝殻を使用するのだと言っておった」

「何か本格的ですね」

しかも楽しそうだ。

「それで火々知さんは竜宮城に行ったの？」

「断ったに決まっておろう。楽しみにしていたドラマの再放送もあったのでな」

「断る理由がなんかおばちゃん臭いな……」

冬緒のツッコミには見初も同意見だ。竜宮城もドラマの再放送に負けたと知ったらびっくりするかもしれない。

だが、海亀はそこで引き下がらなかった。

「何が何でもお礼をしたいとしつこくてな。吾輩が強引に帰ろうとすれば、足にしがみついてきおったわ」

執念がすごい。そのくらい火々知に恩返ししたかったのだろうが。

「そして何でもいいから一つ願いを言えと要求されたので、酒の肴《さかな》が欲しいと答えたのだ。そしたら『蛇さんの願いが叶うおまじないでさぁ』と何らかの術をかけられた。効き目が出るまでに一週間ほどかかると海亀は言っていたが……」

「え……まさかそれでもずくが出るようになったってことですか？」

何でそんなことになっちゃったんだ、というのが見初の正直な感想だった。

数ある酒に合う食材・料理の中からもずくが採用され、さらにワインの中にぶちこまれた状態で提供される。おまじないが誤作動を起こしているとしか考えられない。

「でも原因っぽいのは分かったけど、どうしようかしらね。このままだと他のワインでももずくが混ざるようになるんじゃない？」

「それは困るぞ！　もずくの風味が混じってワインの旨みを幾分か損なってしまっているのだぞ！　仕事終わりにゆっくり晩酌が出来ないではないか！」

「あ、やっぱりいくらワインが美味しくても、もずくの影響はあるのね」

だが、もずく酢とかではなく、ただのもずくだったのは不幸中の幸いかもしれない。もずく酢とワインという最凶の悪魔合体が回避出来たのだ。

ただし一生このままというわけにもいかない。レストランの業務と火々知の晩酌タイムに支障をきたすことになる。『このホテルのワインはもずくが混ざって出てくる』なんて噂が流れたら大変だ。

「早くあの海亀を見付け出して、もずくではなく牡蠣《かき》のオイル漬けに変更させねばな」

「変更するのはいいけど、この流れでいくと牡蠣もワインに浸かった状態で出てくると思うぞ」

「牡蠣が可哀想になってくるわねぇ……」

とにかく、火々知が出会った海亀を探さなければ。

◆　◆　◆

翌日、火々知は亀と出会った海岸を訪れていた。ちょうど非番だった見初を連れて。

「な、何で私までここにいるんでしょうか……？」

「ぷぅ……」

ついでに白玉まで連れて来られた。

「何を言うか。今日は特に用事がないと言ったのは時町《ときまち》ではないか」

「うーん、『行かない』という選択肢が最初から与えられていない」

まあ火々知一人で大丈夫なのかと、心配はしていたのだが。

「でもどうやって海亀さんを探すんですか？　普段は海の中にいるんじゃ……」

「そこは吾輩も考えていた。こういう時は海に詳しい者に相談したほうがいいだろう。というわけで、昨日たまたま泊まりに来ていた海神《わだつみ》に相談してみた」

海神。どこか雰囲気が海帆《みほ》と似ており、何かと見初たちと関わりのある神様のことだ。

確かに彼女なら、竜宮城やそこで働いている海亀の情報も持っているだろう。

「海神によれば、どうも海亀は食い意地が張っている性格のようでな。特に蟹が好物のようだ」

「へぇ〜、海亀って蟹が大好きなんですね」

何と贅沢な。しかし気持ちは分かると見初が頷いていると、火々知が持参してきたクーラーボックスを開けた。

そこに入っていたのは蟹だった。しかもまだ生きており、足がわさわさと動いている。

「早朝、市場で買った蟹だ！　本当は松葉蟹《まつばがに》がよかったのだが、あれは冬の味覚だからな」

「ぷぅ？」

白玉が首を傾げる。

「知らんのか、兎っこめ。松葉蟹は刺身で食べるととろけるように甘く、かにみそも濃厚で美味いのだぞ」

「ぷ」

興味がありませんと言うように白玉が無表情で火々知から顔を逸らした。草食の兎にとってはどうでもいい話だったようだ。

白玉のにべもない態度にぐぬぬ、と悔しそうにしつつ火々知は蟹を手に取った。

「さあ出て来い、海亀！　貴様の好物はここにあるぞっ‼」

火々知の叫びが青空の下で響き渡る。

そしてその声に引き寄せられるように一匹の海亀が海面から姿を――見せなかった。

そんな火々知の願いも虚しく、五分経過しても何も現れない。犬の散歩に来た老人が見初たちの目の前を横切っただけだった。

「早く出て来んか……」

「出て来んか！」

怒鳴っても無反応。波一つない穏やかな海面は、陽光を反射して輝くだけだ。

「火々知さん、多分亀さんに蟹がここにあるって分からせないとダメなんじゃ……」

水中を悠々自適に泳いでいる相手に、陸からアプローチしても意味がない。そのことは見初も薄々気付いていたのだが、やはりこうなってしまった。

だが火々知は余程この作戦に自信があったようで、蟹片手に項垂《うなだ》れている。

「く……っ、作戦失敗か」

「ま、まあ焦らずに新しい方法を考えていきましょうよ！」

ここで諦めたら試合終了ですよ。見初は努めて明るい声を出して火々知に励ましの言葉を送った。

「そうだな……考えを切り替えていくか」

「その意気その意気」

「ぷぅぷぅ」

「手始めにまず、この蟹を食うぞ」

「はい？」

見初は我が耳を疑った。

「亀を誘き寄せるために購入したのでは？」

「だが役に立たないと分かった今、これは単なる食材と化した。となれば、新鮮なうちに吾輩たちが食うしかあるまい」

この切り替えの早さ。伊達に長生きしていない。

「う、うーん、それはそうかもしれませんけど」

「時町は蟹を食いたくないのか」

「ものすごく食べたいです」

カニカマもとても美味しいのだが、やはり本物でなければ得られない味と感動がある。意見が一致したところで、見初たちは海岸から撤退することにした。

そして二時間後に再び戻ってきた。大型キャンピングカーで。

「この中で蟹鍋を食べるんですか⁉　どうしてそんなことをするんですか⁉」

状況についていけず困惑の表情をしているのは慧《さとる》だった。仕事が一旦落ち着いて休憩していると、それを見付けた火々知に「暇か？　蟹は好きか？」と立て続けに質問されたのだ。

そしてどちらの問いにも「はい」と答えたがために、こうして蟹鍋パーティーに強制参加となったのである。

「すみません、橘花《たちばな》さん。蟹鍋を作ったら思ったより量が多くなってしまって」

「それはいいんだけど、だから寮で作った鍋を何で海の近くで⁉」

蟹鍋が食べられると聞き、ウキウキしていたらキャンピングカーに押し込まれて、ここまで連れて来られたのだ。慧が困惑するのは至極当然のことだった。

見初だって鍋が完成して「さあ食べるぞ！」と張り切っていたら、火々知に「さあ海に戻るぞ！」と言われて驚いたのである。

「特に大きな理由はない。ただ吾輩に朝早く市場で蟹を買わせた海亀への嫌がらせだ。貴様の好物を今、海の近くで食べているとな」

「嫌がらせって本人……本亀？　に気付かれなかったら意味がないような」

しかも車内。いや人目を考えれば、こちらのほうがいいだろうが。

「皆まで言うな、時町。しかし何かしないとやってられんのだ。蟹も結構高いものを買ったのでな……！」

クーラーボックスから意気揚々と蟹を取り出した火々知の姿を思い返し、見初は切ない気持ちになった。高額ワインに続き、蟹まで。彼の財布の中身が心配になる。

「では食うぞ！　食わなければやってられんわ！」

ホテルの厨房から拝借した大型のスープジャーを開けると、車内に立ち込める蟹の匂い。野菜や茸、豆腐とともに蟹の身がたっぷり入っている。それらをお椀に盛り付けていく。

「お……美味しい」

最初に蟹を食べた見初は、その旨さに深く感じ入った。カニカマとは異なる繊細な食感と甘み。口の中に広がる高級感。白菜やえのきなどの具材もやけに美味しく思える蟹効果。

「ぷぅ、ぷぅ……」

白玉には生の人参が与えられた。ちびちびと少しずつ食べているところを見るに、満足のいく味のようだ。

「「「………」」」

三人は無言で鍋を食べ進めていた。見初も慧も、何故車内で鍋パをしているのだろうという疑問を抱えながら。火々知ですら固い表情をしている。嫌がらせをする暇があったら、他に海亀を探す方法をすぐに考えるべきだったと後悔しているのかもしれない。

そして車内を包み込む沈黙を引き裂くように、それは現れた。

「えええっ、それはまさか蟹ですかい⁉　あっしにも食わせてくだせぇ～！」

ガコンッという音の直後、衝撃で揺れる車内。喋る海亀が突如空から降ってきたかと思えば、車のフロントガラスに張り付いたのだ。

「んぐぅ」

「火々知さんっ」

危うく火々知が口の中のものを噴き出しそうになった。

◆　◆　◆

「いやねぇ。陸に上がったら、この前あっしを助けてくれた蛇さんの気配がするんで様子を見に来たら、まさか蟹を食ってるとは思いやせんでした～。しかもとっても美味ぇ！」

「海亀さん、蟹の他に食べられるのってありますか？」

「クラゲとかエビですかねぇ」

海岸で見初に箸を使って鍋の具材を分けてもらい、海亀はご満悦な様子だった。

ちなみに慧と白玉は初めて見る海亀に興味津々な一方、火々知は苦虫を噛み潰したような顔をしていた。

「吾輩たちの蟹が食われていく……」

「いいじゃないですか、こうして海亀さんに会えたんですから」

それに元はといえば海亀ホイホイのために買った蟹なのだから、海亀にも食べる権利はあるはずだ。

「ありがとうございやす、見初様。蛇さんよりも優しいお方だ」

「海亀が喋ってる……」

「ぷぅ……」

「慧様も白玉様もそんな目で見ないでくだせぇ。恥ずかしくなっちまう」

恥ずかしそうに頭を引っ込める海亀。すると目を吊り上げた火々知が彼を指差した。

「何故吾輩のことは『蛇さん』呼びで、時町たちは様付けなのだ！　納得いかんぞ！」

言われてみれば、呼び方に格差を感じる。

それに対する海亀の言い分はこうだ。

「や、でも見初様も慧様も神様の気配がするもんでしてね。白玉様も普通の妖怪とは少し雰囲気が違いやすし、それに比べたら蛇さんはただ強いだけの蛇妖怪ですし」

「貴様、誰に助けてもらったのか忘れたのか……⁉」

見初からはひととせ、慧からは常ノ寄《とこのぎ》の気配を感じ取っているのだろう。白玉も月に関係している妖怪の子だ。この海亀、勘が鋭いのかもしれない。

が、唯一直球で煽られた火々知が青筋を立てている。

「どうどう火々知さん。海亀さんに会えたんですから、早く本題に入りましょうよ」

「う、うむ。おい海亀、吾輩にかけた妙な術を何とかしろ」

見初に諌《いさ》められて冷静さを取り戻した火々知は、海亀にそう要求した。それに対して海亀はきょとんという顔をして、

「え？　何か不満でしたかい？」

その反応に火々知はふぅー！　と荒々しく息を吐いた。

「不満なんてものではないぞ。大迷惑だ！　吾輩のワインがもずくまみれになったではないか！」

「そんなぁ。ありゃあ、最高級品のもずくですぜ。泣くほど喜んでもらえると思ったんですがねぇ」

「だったらせめて単品で提供しろ。正気を失った酔っ払いが作り出すようなメニューを出すな」

落ち込む海亀を見て、火々知の声音が多少柔らかくなる。

「けど、竜宮城では酒と肴をチャンポンにして出してますぜ？　竜宮城名物もずくの酒和えです」

「はぁっ⁉　何故そんな愚かなことを⁉」

「だってそのほうが楽でしょうよ。肴をちびちびつまみながら酒をダラダラ飲むなんて面倒だと思いやせんか？」

味よりも効率を優先したというわけだ。わりと真っ当な理由なだけに火々知も何も言い返せず、ぬぅと唸るだけである。見初と慧も、食文化の違いには何も口出し出来ない。

しかし見初たちの表情を見て色々と悟ったらしい。海亀はしょんぼりと頭を下げた。

「申し訳ねぇです。見初様たちに随分と迷惑をおかけしたみてぇで」

「いや貴様、そこは吾輩に謝るのが筋だろう」

「……でも蛇さん、もずくは美味かったでしょう？」

「まあワインの風味を壊滅的に損なうものではなかったが……」

トーンを下げた声で海亀に聞かれ、火々知は素直に答えた。

見初は見逃さなかった。火々知の答えを聞いた海亀の目が光を放った瞬間を。昔時町家に勧誘のため訪れたマルチ商法の会員を思い出した。鬼瓦のような顔をした母に追い払われていたが。

「もし海の中で暮らすことになれば、あれがいくらでも食べられるんですぜ。他にも魚や貝、甲殻類も食べ放題」

「さらに塩は竜宮城でしか使っていない貴重品を使用しており、とてもまろやかな味わいが楽しめます」

「お、おう……？」

「おお！」

「火々知さん何か流されまくってないですか⁉」

思い出に浸っている場合ではない。見初は話に割って入った。

火々知もそこでハッと我に返り、甘い言葉を連発する海亀を睨んだ。

「あ、危なかった……海亀、貴様どういうつもりだ」

「くっ、あともう少しだったんですけどねぇ……」

海亀は悔しそうに舌打ちをした。

「何の話だ。そんなに吾輩を竜宮城に招待したいのか？」

「や、実は蛇さんを竜宮城のスタッフに引き込めねぇかと画策してやした」

「「えええええええっ⁉」」

「ぷぅ～⁉」

ぶっ飛んだ内容の自白。見初たちに衝撃が走る。

「何で火々知さんなんですか……？　ワインソムリエが欲しいとかって理由ですか？」

新たな問題が発生である。見初は火々知の前に立ちながら海亀に尋ねた。

「実はこれには深い理由がありやして。二週間ほど前にスタッフの一人がいなくなったんでさぁ」

「だからと言って、その穴埋めで吾輩を引き入れようとするのはおかしいではないか」

「そこは心配いりやせん。そのスタッフは海蛇だったんで！」

得意げな表情で海亀が言う。

まさかそれだけの理由で蛇の妖怪を？

そんな疑念を抱きつつ、見初は火々知に視線を向けた。精神的に疲れてしまったようで、ここに来た時よりも十歳ほど老けて見える。

「だ、駄目です。火々知さんは俺たちの仲間なんです。そんな理由で竜宮城に行くなんて……」

「もちろん永久就職というわけではねぇです。ただ本当に一時的でいいんで！　うちも海蛇がいなくなっちまって大変なんでさぁ～！」

「そ、そんなことを言われても……」

目を潤ませながら語る海亀に、罪悪感が込み上げて慧は視線を逸らして説得を諦めてしまった。

従業員が急に抜けて忙しくなるという事態には、社会人として同情出来る。だからといって、そちらの都合で同僚を連れて行かれるのは困るのだが。

「頼みまさぁ〜！　竜宮城なんてあっしの背中に乗っていきゃあ、あっという間なんで！」

「何？　随分と自信ありげに言うではないか」

「何せあっしは海の中じゃあ亜音速ですいすーいと行きやすんで！」

科学や物理学に疎い見初には、亜音速が『とにかく速い』ということしか分からなかった。そんな速度を誇る生き物がすいすーいと爆走している海中は、危険地帯なのかもしれない。

と思っていると、

「……ただまあ、帰りはちょっと遅いんですがねぇ」

「行きは早くて、帰りは遅い……」

慧がぼそりと言葉を漏らす。彼も見初と同じように精霊馬《しょうりょううま》を思い出したのだろう。

お盆の時期になると、胡瓜と茄子を材料に作る死者のための乗り物である。基本的には馬や牛を模したものだが、生前親しかった死者が早く現世に戻ってきてくれるように馬を、あの世へゆっくり帰れるようにと牛を作るのだ。

近年ではバイクやスポーツカーをかたどったものなどもある。

「帰りは大体六十年くらいかかりまさぁ」

ちょっと遅いどころではなかった。

「かかりすぎだ、馬鹿者！　行く時に力を殆ど使い果たして、帰る頃にはガス欠を起こしているではないか！」

「誤解ですぜ！　地上で暮らしてる皆さん方も登り坂は苦労するけど、下り坂は楽だって話を聞きますぜ！」

「反論しにくいたとえを出しおって……！」

だが一時の情に流されて火々知を竜宮城に行かせたら、六十年戻って来ないのだ。ワインの中にもずく云々どころではない。

見初というより、ホテル櫻葉《さくらば》としては絶対に容認出来ない話である。

「そ、その海蛇さんを探しましょうよ……！」

現状における一番の解決策はこれしかない。火々知を連れて行かれるのは勘弁願いたいが、竜宮城の危機を無視したくもないのだ。

だが海亀は表情を曇らせて言う。

「あいつがいなくなってから、女将……乙姫様に頼まれて一週間も探したんですぜ。それでも手がかり一つありゃしねぇ。辛いかもしれねぇが、奴のこたぁとっとと忘れちまったほうがあっしらもいいに決まってらぁ」

「……何だ、たった一週間しか探していないのか」

拍子抜けしたような声を零したのは火々知だった。そして海亀へ鋭い言葉を突き付ける。

「たかが一週間程度で音を上げるな」

「一週間程度とは何でさぁ！　うちの宿がどれだけ苦労しているか……」

「吾輩が勤めている宿は何年も苦労していたぞ。ろくでもない噂が流れ、客足が遠退き、売上が減っていた。それでも何とか立て直せたのだ」

火々知の物言いは一見にべもないが、根底には彼が持つ優しさがあった。

何も言い返せずにいる海亀に、地上の蛇はさらに続ける。

「吾輩を引き込もうとする前に、まずは仲間を見付け出すことに尽力しろ。貴様の泳ぎの速さをこのような時に活かせずにどうする」

説教、或いは助言か。火々知は自らの意見を述べると、ふんっと鼻を鳴らして海岸から離れていってしまった。

「か、火々知さ……」

「構いやせん、見初様。蛇さんを行かせてやってくだせぇ」

火々知を呼び止めようとする見初を海亀が制止する。

「竜宮城はね、まだ始めてから半年くらいしか経ってないんでさぁ。だからこういう不測の事態に慣れてなくて、楽なほうに行くことばかり考えてやした。そんなんだから、竜宮城とは何も関係ねぇ……ましてや、あっしを助けてくれた蛇さんを巻き込むなんざ恩知らずな考えになっちまう」

穏やかな声を発しながら、海亀がゆっくりと青い海へ向かっていく。

そして海に入る間際、見初たちへと振り返る。

「蛇さん……いんや、火々知様にお礼を伝えといてくだせぇ。あの方はこんなあっしに大事なことを気付かせてくれた」

海亀は音もなく海の中に潜り、そのまま姿を見せることはなかった。

火々知の言葉を受けて、海蛇を探しに行ったのだろう。どうか見付かればいいのだが。

見初がそう願っていると、先に車に戻ったはずの火々知が切羽詰まった様子で戻ってきた。

「あの海亀はどこに行きおった？」

「海に帰っちゃいましたよ」

「もずくの件が解決しとらんのだが⁉」

「あっ」

何かいい感じの雰囲気で話が終わったが、そうじゃない。そもそもここにやってきたのはもずく問題を解決するためで、海亀のカウンセリングをしている場合ではないのだ。

しかしこのあと、いくら待っても海亀が再び陸に上がってくることはなかった。多分今は、仲間を探しに海中を亜音速で移動している頃なので。

「ホテル櫻葉でも、もずくのワイン和えを名物として出すぞ。吾輩ならすぐにでも作れる」

◆◆◆

「はいはい、正気を疑われるから却下ね」

海亀との二度目の別れから五日後。火々知が真面目な顔で提案し、天樹《あまき》に冷たくあしらわれる現場を見初は目撃してしまった。

火々知を引き込むのを諦めたので、もしかしたらもずく効果も消えているのでは。そんな一縷《いちる》の望みもワインボトルを傾けた途端、無情にも飛び出したもずくによって押し流された。

そして火々知はもずくが入った状態のワインを律儀に飲んでいる。レストランでも客のグラスに注ぐ時は、天樹に頼んでいるようだ。

自由に仕事が出来ないというのは、精神に相当な負担をかける。さらに仕事終わりの楽しみである晩酌ももずくに妨害される日々。

いつしか火々知は現実逃避からか、『もずく＝素晴らしいもの』と思い込むようになっていた。とても辛い。しかも永遠子が「もしかしたらいける……？」という空気を出しているのが、非常によろしくない。

だが、この事態を一変させる出来事が起きた。

見初が勤務中、一匹でホテルの庭を散歩していた白玉がロビーに帰ってきたのだが、首に青い巾着をぶら下げているのだ。

「あれ、白玉何それ？」

「ぷぅ！」

中を確認してみると、丁寧に折り畳まれた白い紙が一枚。どうやら誰かに宛てた手紙のようで、毛筆で書かれていた。古風で趣《おもむき》がある。

一つ難点があるとするなら、何て書いてあるか読めないことだ。内容によっては全然いとおかしくない。

すると永遠子が白玉を抱っこして、くんくんと匂いを嗅いだ。

「あ、この匂い……海神様ね。白玉ちゃんに手紙だけ預けたみたい」

「海神様が？　何のために……」

いや、心当たりが一つある。そういえば火々知は竜宮城の海亀について、海神に相談していたのだ。

「おお……これは朗報ではないか」

昼休み。火々知は見初から海神からの手紙を渡されると、ニタァ……と邪悪な笑みを浮かべながら読み進めていった。

「何て書いてあるんですか？」

「どうやら例の海蛇が見付かったようだ」

予想通り竜宮城の件だったが、これは確かに嬉しいニュースだ。

「海亀が捜索範囲を広げた結果、タスマン海とやらで発見されたとのことだ」

「タスマン……？」

何かそれっぽい名前の動物がいたような。

気になってスマホで調べてみると、オーストラリアとニュージーランド付近の海域だった。ちなみにオーストラリアにはタスマニアデビルという動物がいる。物騒なネーミングだ。

「どうも時化《しけ》が発生した時に、一匹だけ遠くに流されてしまったようでな。海蛇自身も帰るに帰れず、あの辺りに生息する鮫たちに保護されていたらしい」

「た、食べられなくてよかったですね……」

まあ海蛇は毒を持っている種類が多いので、食べたら一発ＫＯなのだが。

「今は海亀に救出されて、無事竜宮城に帰還することが出来たそうだ。……で、吾輩に礼を言いたいとのことなので、また海岸に来てほしいと言っているらしい」

「あっ、もずくを消してもらえるチャンスじゃないですか」

「時町、本日の仕事が終わったらお前も吾輩についてこい」

「何で⁉」

この妖怪、今回は他人をとことん巻き込みすぎである。

「あの海亀は話術が巧みだからな。吾輩が懐柔されぬよう、お前が見張っていろ」

一度懐柔されかけた現場を見ているだけに断れない。見初は仕方なく同行を決めた。

◆　◆　◆

時間休を使い、いつもより早い時間にタイムカードを切った。が、代わりに火々知のお守りという名の最重要ミッションが課せられた。

事情を聞いた冬緒と永遠子には気の毒そうな表情をされ、冬緒には頭を撫でられた。大好きな人に慰めてもらって少し活力が湧いた……気がする。

「うぅ、潮風が冷たいですね」

「この程度でへこたれるな。真冬はもっと寒かったであろう」

風の直撃を避けるように、見初の背中に回り込んだ妖怪が偉そうに言っている。

よりにもよって本日は気温が低く、しかも風もびゅうびゅうと吹いている。そろそろ日も傾きつつあり、空と海は鮮やかなオレンジ色に染まっていた。

火々知のお守りでついてきたつもりが、風除けとして使われるとは。溜め息をつきながら海岸へ足を踏み入れると、見初たちの到着に合わせて海の中心にぽっかりと穴が空いた。

その穴から一人の女性が現れる。

淡い色合いの羽衣と彼女の周りで浮遊している白い領巾《ひれ》。

艶《あで》やかな黒髪に飾られた黄金や珊瑚《さんご》で作った髪飾り。

彼女はまさか――。

「あなた方がうちの従業員がお世話になったという陸の方々ですね？　私は竜宮城の主、乙姫でございます」

「は、初めまして、時町見初と申します」

小首を傾げながら優美な笑みを浮かべる美女に、見初は慌てて会釈した。同業者として最初の挨拶はしっかりしなければ。

しかし火々知は自己紹介をするどころか、不満そうに眉を顰めていた。

「あの海亀はどこだ。吾輩は奴に用件があるのだぞ」

「ええ。彼ならこちらに」

「見初様～、火々知様～。久しぶりでやんすね！」

乙姫の背後から海亀がひょっこりと姿を見せた。無事仲間を発見出来たからか、以前よりも明るい顔付きだ。

「海亀さん！」

「あっしだけじゃないですぜ！」

海亀と同じように、甲羅の影から黒と黄色の虎模様をした海蛇がうねうねと動きながら登場する。

「火々知サン、ミーはユーにとてもサンキューしてます」

？

「どうもねぇ、異国の海にいた影響で喋り方がおかしくなっちまったんでさぁ」

「だ、大丈夫なんですか……」

「まあ、竜宮城も世界中のお客さんに備えなくちゃあいけないんで」

竜宮城もグローバル化の時代かぁ……としみじみ思っていると、険しい顔で火々知が叫んだ。

「いいからさっさと吾輩のもずくをどうにかせんか！」

本気で怒っている火々知を見て、海亀と海蛇がぴゃっと乙姫の背後に隠れた。だがその乙姫は怯むことなく、笑顔を保っている。プロ根性を見せ付けてくる。

「そのように焦らないでくださいまし。まずは火々知様にお礼を言いたいのです。あなた様がうちの海亀を叱咤激励してくださったおかげで、仲間の発見に至ることが出来たのです。本当にありがとうございました」

「ありがとうございまさぁ」

「ありがとうベリマッチ」

「う、うむ……」

「そのお礼として、是非竜宮城にご招待させてください。美味しい魚介類と美酒を取り揃えております。火々知様がお好きだという葡萄で作った酒もございますよ」

「赤いのも白いのもありやすぜ！」

「デリシャスッ!!!」

「何⁉　それはもちろん飲み放題なのだろうなっ⁉」

この流れは……。見初の顔色が悪くなる。

「はい。飲み放題の食べ放題。好きなだけ飲んでお過ごしください」

「そういうことなら、行ってやらんことも……」

「ストーップ！　ストップ、ストッピング！」

制止したのは海蛇ではなく見初だった。見ていられずロを挟んだのである。ついてきたのはやはり正解だったようだ。

「んなっ、邪魔をするでない時町！」

見よ、このワインに惑わされた顔を。

「邪魔するに決まっているじゃないですか！　竜宮城行っちゃったら六十年帰って来られないんですよ！　私なんてその頃おばあちゃんですよ！」

「……ハッ」

見初の半ばキレ気味の叫びで火々知は我に返った。本当にワインが絡むとチョロすぎる。

その様子を見ていた乙姫が一言。

「あと一息だったのに」

「あの乙姫様、何か危ないこと言ってるんですが」

あの海亀にして、この乙姫あり。

見初が引いていると、乙姫は素直に白状し始めた。白磁《はくじ》の頬をほんのりと赤らめて。

「その〜、海亀があなた方とお話している現場をこっそり覗き見ていた時に、すっかり火々知様を気に入ってしまいまして。どうにかして、海の中に引き摺り込めないか考えていました……」

引き摺り込むという表現が怖すぎる。

「わ、吾輩を？　いったい何が目的だ」

「私のお婿さんにしたいなぁと！」

計画が露見したことで吹っ切れたのか、乙姫は元気に宣言した。女将のカミングアウトに、海亀と海蛇が「女将、頑張ってくだせぇ！」、「永遠にギブアップ！」と応援する。海蛇はネバーギブアップと言いたいのだろうが、日本語と英語が複雑合体して何かおかしくなっていた。

一方見初の隣で水に濡れた火々知が震えているのは、寒さのせいだけではないだろう。婿入りを全身で拒絶している。

見初としては火々知がまた惑わされないうちに、早くこの場から立ち去りたい。

だがしかし、竜宮城の主のほうが一枚上手だった。

「も……もし火々知様が私と結婚してくださるなら、海の一部をワインに変えてみせます！」

「海の一部を……ワインに？」

火々知の震えが止まり、見初の顔から表情が消える。

「そうすればワインが無限に飲める上に、ワインの海域で泳ぐことも出来ます！」

「飲んで楽しい、泳いで楽しいですぜぇ！」

「ワイン生活、エンジョイ！」

「よし、さらばだ時町。ホテルの皆によろしく伝えておいてくれ」

ついに一番恐れていた展開になってしまった。人間の姿から大蛇に戻って海へ向かおうとする火々知の尻尾を見初が急いで掴むも、つるりと手から滑り抜ける。これでは触覚の能力で止めることも出来ない。

「火々知さん、ちょっと待っ……」

「ふはは、ワインプールが吾輩を待っているぞ！」

火々知、ついに着水。周囲に飛び散る水飛沫から逃れるように見初が後ずさりしているうちに、大蛇が黄金に光る海へと沈んでいく。

その光景は壮大で美しくもあり、見初の絶望感を大いに煽った。

そして完全に火々知の姿が見えなくなると、乙姫たちの姿も海の真ん中に空いた大穴も消えていた。

「か、火々知さーーーーん!!!」

静寂を取り戻した海に向かって、見初はただ声を張り上げることしか出来なかった。

◆◆◆

「火々知様、竜宮城に転職なさったんですね……辛くても受け止めなくちゃいけませんよね……う、うぅぅ」

「火々知さんなら元気にやっていると思うんで、私たちも落ち込んでいないで元気出しましょう」

はらはらと涙を流す柚枝《ゆえ》に、見初は慰めの言葉をかけるのが精一杯だった。

火々知がホテル櫻葉を去ってから三日。彼を慕っていた柚枝はまだ落ち込んだままだ。

彼女を含めた多くの従業員には火々知が竜宮城に転職した、とだけ伝えてある。ワイン飲み放題に釣られて乙姫についていったなんて言えない。情けなくて。

ちなみに見初から真実を聞かされた十塚《とつか》兄妹からは「人も妖怪も、酒に深くのめり込むとダメになるからね」、「オッサン、うっかり水中カメラで激写されてテレビで報道されそうだな」等の辛辣なコメントが寄せられた。見初たちが身内の恥と直面する日も近いのかもしれない。

一つ分かっているのは、火々知が陸に戻ってくるのが一番早くて六十年後ということである。ホテル櫻葉としては新たなソムリエを雇わなければ……。

そんな焦りを抱えながら一日の仕事を終えて寮に戻ると、ちょうど宅配業者が来ていた。

「よっと……お届けものでーす」

「……!?」

業者が苦労しつつ運んで来たのは、横長の巨大な発泡スチロールの箱だった。見初の身長よりも長さがある。こんなの魚市場でしか見たことがなく、しかも着払い。

「なあ時町、それってどこかの業者がうちと寿司屋を間違えて……ん？」

宅配業者が帰ったあと、冬緒は差出人の欄を二度見した。見初は四度見くらいした。

そこには『宿屋　竜宮城』、品物の欄には『返品』とだけある。

玉手箱。発泡スチロールを見た途端、見初と冬緒の脳内にそんなワードが浮かんだ。

「これ……下手に開けないほうがいいんじゃないのか？」

「ですよねぇ……」

「わーい、竜宮城からってことは玉手箱じゃない？」

渋い表情で冬緒が提案する中、狸が一切の躊躇《ちゅうちょ》もなく側面のテープを剥がした。

「あっ、よせ風来《ふうらい》！　何が起こるか……」

「お宝お宝～……ってウギャアーッ！」

冬緒の制止も虚しく蓋を開けてしまった風来が悲鳴を上げる。が、特に白い煙が発生したわけではない。

だったら何に驚いたのかと、見初も中を覗き込む。

そこには昆布で全身を縛り上げられてぐったりしている火々知が入っていた。

「「ギャアア!!!」」

見初と風来は手を握り合いながら悲鳴を上げた。

「火々知さんが送られてきたぁ！」

「しかもおじちゃん白目剥いてるよぉ！」

ちゃんと生きてはいるようだが、どうして……。

困惑していると、冬緒が同封されている手紙を発見した。

妖怪の文字は見初たちには読めないので、風来が音読する。

「んー……『約束通り海の一部をワインに変えたら喜んでくれたのはいいのですが、すぐに飲み尽くしてしまっただけではなく、おかわりまで要求してきました。この呑兵衛《のんべえ》のせいで海水が干上がってしまうかもしれないので、私の術を使って超特急でお返しします。ぐったりしているのはワインの飲みすぎで二日酔いを起こしているだけなので、お気になさらず』……だって」

その素っ気ない文章からは、火々知への愛情や執着が微塵も感じられない。百年の恋も冷めるとはこのことか。いやまだ恋が始まってから一月も経っていなかったが。

そして乙姫、怒りの着払い。

「お、おかえりなさい、火々知さん……」

もう二度と会えないと思っていた仲間との再会が、まさかこんな形で果たされるとは。正直喜べばいいのか、呆れたらいいのか分からない。感情が迷子になりながら見初が声をかけるも、火々知からは小さな呻き声しか返ってこなかった。

第三話　居場所

「気に病む必要はない。そうだな、これはきっかけだと思えばいい」

男は緩やかに微笑みながらそんな言葉を放った。

その声は、これからどうすればいいのか分からずにいる人間にとって心地よく優しいもので、不安がゆっくりと解消されていくようだった。

男を無言でじっと見上げていると、彼は再び口を開いた。

「確かに君は自分の居場所がなくなってしまった。それはとても辛いことだが、その代わり新たな居場所を見つけられた。君は何も失ってはいない」

「……そうでしょうか」

久しぶりに出した声は嗄《か》れていると、自分でも分かった。ここ三日間沈黙していただけで、ここまで発声が下手くそになるのかと少し驚く。

けれど喉の辺りでつっかえたように続きの言葉が出て来ない。

そんな自分を見兼ねたのか、男に肩を叩かれた。

「安心しなさい。私は君を迎え入れる考えを変えるつもりはない」

「そうではなくて……」

「……何かな」

「……いえ、ありがとうございます」

「もう自分はあの場所には戻れませんか」。頭に浮かんでいたそんな言葉を捨てて、代わりに礼を告げる。

これから自分は新しい人生を迎えることになる。この恩人の下で。

陰陽師なんて、非科学的な生き物として。

去年碧羅《へきら》に破壊された椿木《つばき》家の総本山である屋敷は、ものの一ヶ月で元通りになった。幹部からは、数ヶ月かかるだろうという懸念の声が上がっていたにも拘わらず。

椿木家と繋がりの深い建設会社に法外の報酬を支払い、作業を急ピッチで進めさせたからだ。現場の人間たちにとってはとんでもない話だが、経営者たちの懐はさぞや潤っただろう。

土地開発で森や古びた神社を潰す時、そこに棲まう妖怪や神の怒りを買うことがある。そんな連中を片付ける依頼を受けることが多い椿木家だからこそ獲得出来たコネだ。

「……ああ、向こうから歩いてくるのは外峯《そとみね》じゃないのか？」

板張りの廊下を歩いていると、反対方向から歩いて来た集団の一人が、わざとらしく仲間にそう尋ねた。すると仲間はにやけた笑みを浮かべたり、眉を顰《ひそ》めたりと様々な反応を見せた。

一つ言えるのは外峯に好意的な者は一人もいないということだ。

「外峯の奴、碧羅と遭遇したというのに、そのまま逃がしたという話じゃないか」

「しかも碧羅は竜に変ずることが出来ぬほど弱っていたそうだ。なのに仕留められなかったとは、とんだ笑い種《ぐさ》だな」

「まったく有り得ない話だ！　当主様もどうしてあんな役立たずを破門にしないのか……」

「奴はご当主自らが直々に椿木家に引き入れたそうだが、所詮は朱男《あけお》殿の代わりにはなれなかったということさ」

椿木家の怨敵である碧羅を取り逃がした代償は大きかった。

上からの命令を無視して、自分の部下を率いて碧羅の討伐を実行しようとしたものの失敗。その件が椿木家全体に広まり、風当たりが強くなった。こうして直接罵る者もいるほどだ。

だが外峯は表情を変えず、「失礼」とだけ言って集団の脇を通り過ぎた。

これは予想していたことだからだ。実力主義を掲げている椿木家では、一つの失態が大きな地位の失墜に繋がる。

櫻葉《さくらば》家や四季神《しきがみ》家の娘とともに碧羅を守っていた分家の青年も、些細なことで一族を追放された。

だから今の状況を外峯は当然のように受け入れていた。元より外峯の評判はさほど良くはない。先程の集団からしてみれば、ある程度表立って叩ける時に叩こうという魂胆なのだろう。

そういった連中に目を付けられるのを恐れて、外峯寄りだった者からも距離を置かれるようになった。

今部下以外でまともに外峯と接しようとするのは椿木家当主である紅耶《こうや》と、もう一人。

その人物は外峯が曲がり角を曲がった先で、待ち構えていた。

「外峯、少し話をしないか？」

紅耶の息子にして次期当主の雪匡《ゆきまさ》だ。

彼の執務室に連れて行かれる。重要な案件でなければ縁側でもよかったのだが、「大事な話だ」と断られてしまった。

「碧羅の一件でお前が孤立していると聞いた。……そのことでお前が何一つ不満を漏らしていないことも」

「こうなってしまった原因は私にありますので」

「それは確かにそうだ。お前が碧羅を発見した時、本家に直ちに知らせて応援を呼んでいれば討伐に成功していたかもしれない。弱っているからと油断したお前に非はある」

「……ご指摘の通りです」

「ただ僕には分からない。どうしてもっと策を練らずに碧羅を祓うことを急いだ？　お前なら冷静な立ち回りが出来ただろうに」

雪臣が怪訝そうに眉を寄せて尋ねる。

碧羅を討伐することを急いだ理由。分かり切ったことだ。

「……椿木家の安泰のためです。それ以上でもそれ以下でもありません」

「外峯、何があった？　あの件については僕ですら多くを知らされていない。分かっているのは、お前がミスをして碧羅を逃がしたことだけだ。もしかしてその場に第三者が居合わせたんじゃないのか？」

「碧羅の件については一切口外するなと紅耶様から命じられております。なので私の口からは何も申し上げることが出来ません。ですが私を高く評価してくださったことは感謝致します」

間を置かず流れるように、そして突き放すような物言いをする。次期当主に対するものとは思えない不躾《ぶしつけ》な態度には、雪臣も流石に見限るだろうと踏んだのだ。

だから困ったように眉を下げて微笑まれるとは思わなかった。

「外峯、僕はお前が椿木家に必要な人間だと思っている。お前のようにどこまでもこの家に忠実な人間はそう多くない。お前もそれは分かっているんじゃないのか？」

「それは……同感です」

例えば先程、外峯を罵っていた連中。彼らは椿木家ではなく、椿木家の絶大な権力目当てで入門した者たちだ。椿木家そのものへの忠誠心など持ち合わせていない。

「けれどお前がうちに尽くしすぎて、お前自身をおろそかにしてしまうのは無視出来ないことだ」

「………」

外峯は無言で雪匡を見据えた。

変わったと思う。以前は名前通り、雪のように冷たく時折冷徹さすら窺えるような青年だった。それがいつからか雰囲気が柔らかくなり、温かみが垣間見えるようになった。

「ホテル櫻葉ですか？」

「何？」

「現在のあなたを作ったのは、ホテル櫻葉の影響ですか？」

以前、雪匡がホテル櫻葉に出向いたという噂があった。あそこで総支配人なんてものをやっている椿木朱男——今は柳村《やなむら》と名乗る男に会うためだったとされている。

だがその頃から、雪匡に変化が訪れたと囁《ささや》かれていたのだ。

雪匡は外峯の問いに、懐かしむように笑いながら答えた。

「そうかもしれない。いや、そうだろうな。あの場所が僕を変えてくれたんだ」

「何故？」

「何故って……」

雪匡が答えに迷っているのに構わず、外峯は厳しい言葉を突き付けた。

「私は櫻葉家の、人ではないモノを相手に商売をするような非合理的なやり方が理解出来ません」

妖怪や神に対して友好的な一族は少なくはないが、櫻葉家のように『客』として扱うなんて馬鹿げている。しかもその従業員には妖怪も含まれていると聞く。

次期当主ともあろう者が櫻葉家と交流を深め、よからぬ影響を受けたとあれば……。

「僕の考えが理解出来ないのなら行ってみればいい」

外峯が呆れていると、雪匡はそう言葉を返した。

「一度ホテル櫻葉に泊まりに行けば、何か分かるかもしれない」

「……本気で仰っていますか？」

外峯は懐疑的な眼差しを雪匡に向けた。だが雪匡は珍しく軽い口調で言った。

「あそこはサービスが充実しているぞ。食事は美味しいし、ロビーや客室には山神が育てたらしい新鮮な花がいつも飾られている」

「もし人ではないモノに遭遇した時、それがホテル櫻葉の客であろうと従業員であろうと祓ってしまうとしてもですか」

「お前は椿木家のためなら何でもするが、それ以外のことでは踏み留まれる男だと思っているよ」

「…………」

外峯は何も言い返さなかった。

◆◆◆

長閑《のどか》な土地だ。近年では人口が減少しているという問題も抱えているが、雑踏を嫌う外峯にとってはそう悪くはない。

だが心が安らぎを覚えないのは、この地で辛酸《しんさん》を嘗《な》めたからか。それに加えて、先程からこちらを窺ってくる下級の妖怪たちの視線が煩《わずら》わしいからか。

こんな思いをするくらいなら、やはり出雲を訪れるべきではなかったと外峯は後悔していた。

どうして雪臣の提案に乗ってしまったのだろう。自分にはメリットなどまったくない行為だ。

それに櫻葉永遠子《とわこ》を捕らえようとしておきながら、ホテル櫻葉に泊まりに行けるほど図太い神経をしているわけでもない。仮に図太かったとしても、従業員たちが許すはずがない。

ここまでの交通費は勿体ないが、さっさと引き返そうと思い始めた時だった。

「あんた……外峯さんか？」

聞き覚えのある声が外峯を呼んだ。

声がした方向に視線を向けると、分家の青年がいた。――目玉が一つだけの妖怪を背負った状態で。

向こうも外峯に驚いているのか、目を大きく見開いている。かと思えば、警戒するような表情へと変わった。

「何しに来たんだ？　紅耶さんに命令されて時町《ときまち》を攫いに来たか？」

「いいえ、時町様に何かするつもりはありません」

――本当のことだ。外峯もあの四季神の娘を椿木家に引き込めないかと考えてはいた。しかし、それを見透かしたように、紅耶から言われていたのだ。

今は手を出さないようにと。

椿木家の式神を支配出来るほどの危険な力を持っているというのに何故。再燃した疑念を見て見ぬふりをしながら、外峯は一つ目の妖怪を注視した。妖怪がびくっと反応したが無視である。

　すると、冬緒《ふゆお》が抱えている妖怪の足に擦り傷を見付けた。

「その妖怪は何ですか？　足に傷がありますが」

「今日は非番だから買い物に行こうと思ったら、その途中で転んで泣いてるのを見つけたんだ。うちのホテルには傷を治せる妖怪がいるし、こいつを治してもらいたくて連れて帰ろうとしていただけだよ」

「なるほど。ホテルの客というわけですか」

「いや、今日初めて会った奴だけど……」

　冬緒の返答に外峯は眉間に皺を寄せた。

「……まさか客ですらない妖怪を助けたと？」

　どうしてそんなことをするのか分からないと外峯が言いたげにしていると、冬緒は不服そうにむっとした。

「わんわん泣いているのを見たら放ってはおけないだろ」

「そんなものを助けたとしても、何の得にもならなさそうですが……」

「あのな」

　冬緒の語気が荒くなる。

「こういうことに損得なんて存在しないんだよ」

「……そうですか」

そう相槌を打ってから外峯は溜め息をついた。

◆◆◆

他のホテルに比べると広めに作られたシングルルームで、窮屈さを感じない。テーブルにはティッシュやメモ帳だけではなく、数種類の菓子が用意されている。緑色の粉がまぶされているのは、若草と呼ばれる島根の和菓子だったか。

花瓶には淡い水色の花が活けられている。何という名前かは分からないが。

トランクを床に置くと、外峯は椅子に凭《もた》れた。

永遠子と四季神の娘は他の客と同じように外峯を扱った。とは言え、四季神の娘の笑みはぎこちなかったように見えた。ここにくる前に空室があるか電話で確認した際に素性は明かしていたものの、やはり素直には受け入れがたいようだ。

それでもベルガールの仕事を果たそうと、娘がトランクを受け取ろうとするので断ることにした。極力関わりたくないと思ったからだ。食事も雪匡が褒めていたレストランを利用せず、近くのコンビニに買いに行けばいい。

「…………」

まったく、どうかしている。冬緒に再会する直前までは帰るつもりだったのに、結局は泊まりに来てしまった。

永遠子も永遠子だ。予約の電話をした際に椿木家の人間だと告げても、「ああ、あの時の人ね」と穏やかな声で返されたのである。宿泊を拒否することだって出来たはずなのに。旅の疲れに加え、色々と考えていたせいで睡魔が襲ってきた。このままベッドで眠れば快眠出来るだろうが、シャワーを浴びていない状態で寝転ぶのは気が引けた。それにまだ夕方にもなっていない。

迷いを断ち切り、椅子に座ったまま瞼を閉じる。本格的に眠ってしまわないよう、考え事をしながら。

椿木家のこと。碧羅のこと。依頼のこと。……外峯自身のこと。

数年前の自分は、今こうして陰陽師をやっているなんて想像もしていなかった。どこにでもいる普通の社会人として、ありふれた平穏な日々を送っていたのだ。

大学も無事に卒業して、大手企業に就職もして。学生時代にアルバイトで貯めた金で小さなアパートではあるが、移り住んで。一人前の大人になろうとしていた。

その日も、慣れない会社勤めで疲れた体を引きずるように帰宅した。

すると部屋のドアの前で、三歳年下の妹が膝を抱えて外峯の帰りを待っているではないか。

「ごめんなさい、お金貸して！　神社に落としてきちゃって……」

何でも素行の悪い友人たちと、肝試しで隣町の廃神社に行ったのだという。そこで財布を落としてきてしまったのだが、怖くて取りに行けないらしい。

昼間に行けと言っても、変な声が聞こえたので怖くて二度と行けないの一点張り。

馬鹿としか言いようがないが、それでも家族の頼みは断れない。財布から札を取り出そうとしていると、妹の真横に白い着物姿の老人が怒りの形相で立っていた。

そして嗄《か》れた声で言うのだ。

「許さぬぞ、人間。私の棲み処を荒らしおって……！」

後から知ったことだが、妹たちは神社に菓子の袋や空になったペットボトルを捨てていた。だからそこの神が怒り、妹に取り憑いたのだ。

当時の外峯はそんなことなど知らず、けれど妹がよからぬモノを連れ帰ってきてしまったと直感した。

老人に気付いたのは外峯だけだった。両親も妹の友人も、妹に「いつか天罰がくだる」、「不幸にしてやる」と喚《わめ》いている老人なんて見えていなかった。

恐ろしくなり、何度も妹や両親にお祓いに行こうと訴えたが、聞く耳を持ってもらえなかった。妹は借りた金を返してもらえない腹いせで脅かしてくるなんてと外峯を責めた。

両親も妹の味方をして、大人げない兄だと呆れていた。

やがて妹に二度と関わるなとまで告げられた。外峯も自分を異常者扱いする家族には嫌気が差していたので、それを受け入れた。

ただあのまま老人を放置すれば、妹の身に危険が迫るかもしれない。

家族の危機を救うのは長男の義務だ。そう思い、ネットで検索していた時に椿木家を知ったのである。

高名な陰陽師の家系で、どんなに恐ろしい悪霊も妖怪も祓う実力を持つ。その噂に外峯は縋《すが》ろうと決めた。

家族には何も言わずに独断で悪霊退治の依頼をして、決して安くない報酬を支払った。

あの老人がどのように祓われたかは定かではない。電話は着信拒否にしていたし、メールアドレスも変更して連絡手段を絶っていた。彼らもアパートに押しかけることはなかった。

その代わり、椿木家の当主が外峯を訪ねてきた。

「君の妹に憑いていたのは、神だったものの成れの果てだった。それが見えていて、なおかつ言葉も聞こえていた君には素質がある」

陰陽師になれという勧誘だった。普通ならあまりにも馬鹿げていて、笑う気にもなれなかっただろう。

だが既に外峯は知ってしまっていた。世の中には自分の常識が通用しない物事が存在することを。今のままではそれを解決出来る術を持っていないことを。

そのせいで家族との絆を失った。大切な居場所を失った。

だから外峯はこれまでの自分を捨てると、椿木紅耶の勧誘を受け入れて——新しい居場所を手に入れた。

◆◆◆

十分ほどの休息のつもりが、目を覚ますと室内は薄闇に包まれていた。

気だるさの残る体を動かし、照明のスイッチを入れてからカーテンを閉める。コンビニ……と考えたが、今から外に出るのも億劫でさほど空腹でもない。

だから諦めようとしていると、部屋に備え付けられている電話が鳴った。出てみると相手は意外な人物だった。

『……外峯さん、夕飯は食べましたか？　レストランにも来なかったし、ルームサービスも注文していないって聞いたけど……』

冬緒だ。昼間はあんなに警戒していたくせに心配そうな声で尋ねてくる。

もう遅いから今晩は食べずに寝ると答えると、思わぬ提案をされた。

『だったら今そっちに夕飯を持って行くから、一緒に食べませんか？　俺もまだなんです』

「はぁ……」

『アレルギーとか食べられないものは？』

「ありませんが」

『分かりました。五分くらい待っていてください』

通話はそこで切れた。

「………？」

ほ、本当にくるのか？　何故？　と頭の上にクエスチョンマークを浮かべていると、部屋の外からコンコンとノック音がした。ドアを開けてやれば、本当に冬緒がワゴンを押して入って来た。

と言っても、ワゴンに載っているものはレストランで出るような大層な料理ではなく、器に盛られた温かい蕎麦だ。だが茶色い汁ではなく、濁った白い湯が使われているのは自分への嫌がらせか。

じっと器を見ていると、ハッとした表情で冬緒が口を開いた。

「これは釜揚げそばっていう蕎麦と一緒に蕎麦湯も入れた調理法で、ここに少しずつつゆの原液を加えて自分好みの味にして食べるんです」

「あ、ああ、そういう……」

「でも最初はそのまま食べてみてください」

言われた通り食べてみると塩味はないものの、蕎麦の風味を強く感じることに驚いた。そこに小葱、もみじおろし、海苔などの薬味や小瓶に入った汁を少しずつ加えて味を調整していくわけだが。

「……これはどの程度入れればいいのですか?」

「最初だから味見をしながら入れてみるといいですよ。俺はこのくらいで」

食べ慣れているようで、冬緒は手早く蕎麦をカスタマイズすると美味しそうに食べ始めた。外峯も冬緒と同量の原液を蕎麦湯に混ぜて食べてみたものの、自分には味が薄い。なのでもう少し加えてみると、ようやく理想の味に辿り着いた。蕎麦湯のおかげか普通のかけそばよりもとろみがあって、味もまろやかだ。

ずるずると蕎麦と汁を啜る音が室内を満たす。夕飯を抜いてもいいと思っていたくせに、箸が止まらない。

急に恥ずかしくなってきて、誤魔化すように気になっていたことを聞いてみる。

「あの単眼の妖怪はどうなりましたか?」

「ちゃんと白玉《しらたま》に治してもらいました。ほら、時町と一緒にいた白くて可愛い仔兎です」

あのやたらと好戦的だった兎の妖怪を思い返す。どうやら冬緒はあれを可愛がっているらしい。悪趣味だ。

「そうですか。……それとどうして、私に食事を用意してくれたのですか？　私があなたがたに何をしたのか忘れたわけでもないでしょうに」

口調だって、外で遭遇した時と違い敬語を使っている。何か企んでいるのかと疑念を抱くのは当然だ。

外峯の問いに対して、冬緒は小皿に残っていたもみじおろしを全て蕎麦に入れながら答えた。

「今の外峯さんはホテル櫻葉のお客様です。俺は宿泊させていいのか迷いましたが、永遠子さんと時町がそれでいいと判断したなら、俺も客である間は外峯さんには強く当たらないようにしようと決めました」

「だからと言って蕎麦まで馳走するというのは……」

「俺たまに自分で夜食を作るようにしていて、今夜は蕎麦を多く茹ですぎたんです。だから誰かと一緒に食べようかなって思っていた時に、外峯さんが夕飯をまだ済ませていないんじゃないかって柳村さんから言われました」

「……あの方が」

椿木家を捨てた彼を軽蔑する声も多い。けれど文句を垂れる連中よりも優れた陰陽師であり、恐らくは嫉妬も含まれているのだ。

外峯はそんな彼が嫌いではなかった。

「でもまさか、外峯さんに聞かれるとは思わなかった」

「態度を急に変えられたら、誰でも疑問に思うと思いますが」

「そうじゃなくて、俺がおんぶしてた妖怪のことです」

そう言われて、特に深い理由もなく質問していたと気付く。

そして仔兎に傷を治してもらったと聞いても、「ああ、そうか」と納得するだけで、妖怪を助けたことへの困惑も怒りもなかった。

「俺、正直意外に思いました。外峯さんが妖怪を心配するなんて」

「……そういうわけではありません。私にとっては妖怪も神もどうでもいい存在です」

「どうでもいいということは好きでも嫌いでもないから……好きになれるかもしれないって考えられますよ」

強引な理論を口に出して、控えめな音を立てて蕎麦を啜る。その様をぼんやりと眺めながら、外峯は以前この青年について聞かされていた情報を思い返していた。

分家の生まれで、椿木家から追放されてそのことを引き摺っている哀れな青年。

だが外峯にはそう見えなかった。椿木家への未練など微塵も感じられず、人ではないモノと手を繋ぐことを選んだ。

こんなに自立した人間ではなかったはずだ。このホテル櫻葉が彼に変化をもたらしたのだろうか。

「……冬緒様は好きになれるかもしれないと言いましたが、そんなきっかけなど簡単に見付かると思いますか？」

「そんな大げさに考えなくていいんですよ。ほんの些細な出来事がきっかけになることだってあるんですから」

楽観的だなと思ったが、それを声に出すことはなかった。

◆◆◆

昨夜あれだけ食べたのに、胃もたれは大して起こしていなかった。そのことに安堵しながら身支度を整えて部屋を出る。朝食を買いにコンビニへ行くためだ。

早朝のホテル内は静まり返っており、ロビーに行くと夜勤スタッフに挨拶された。時刻は午前六時。永遠子たちに交代するまであと二、三時間ほどか。その前にチェックアウトしたい。

早朝の澄んだ空気に触れながら、人気《ひとけ》のない道を歩く。コンビニのビニール袋を緩く握りながら、どこからか聞こえる鳥の鳴き声に耳を傾ける。

途中で足を止めたのは、分かれ道の手前で一匹の妖怪がきょろきょろと周囲を見回していたからだ。

見覚えがある。昨日冬緒が背負っていた一つ目の妖怪だ。仔兎に治してもらったのは本当のようで、膝の擦り傷は綺麗に塞がっていた。

「あれ？　どっちだったかな……あれぇ？」

どうやら道に迷っているらしい。左の道を選んだかと思えば、引き返して右に行こうとしている。

その際、外峯に気付いたようで怯えた表情を浮かべた。それに構わず、外峯は声をかけた。

「どこに行こうとしている？」

「ええと……ほてるさくらば。きのうけがをなおしてもらったから、そのおれいがしたいの」

おどおどしながら答えた妖怪の手には、白い野花が握られていた。ホテルの客室に飾られている花に比べると貧相で、あんなもの貰っても迷惑なだけだろう。

そう思うのに、次に出てきた言葉は妖怪の愚行を咎めるものではなかった。

「……こっちだ。ついてこい」

それだけを言って、妖怪の反応を見ずに左の道を歩き始める。振り向いて確認しなくても、妖怪が着いて来ているのが分かった。

それから十分ほど歩くと、ホテル櫻葉が見えてきた。妖怪も「あっ！」と嬉しそうな声を上げると、外峯を追い越してホテルへと走り出す。

けれど一度だけくるっと外峯へ振り向いて、満面の笑みで大きく手を振った。

「にんげんのおじさん、ありがとう！」

「……そうか」

心が揺さぶられるような、不思議な感覚がした。小さく手を振り返してしまったのも、まともに思考が働かなかったせいかもしれない。

妖怪がホテルではなく、寮の中へと駆け込んで行くのを見届けてから外峯もホテルに戻った。

コンビニで適当に買ったおにぎりをミネラルウォーターで流し込み、自分なりに室内の片付けをしてからトランクを持って廊下に出る。もうここには来ない。そう思うと、僅かに物寂しさを感じた。

フロントに鍵を返し、チェックアウトする。エントランスを抜けると、椿木家にとって最も厄介な人物が待ち構えていた。

「おはようございます、外峯さん。私たちに会わないように、朝のうちにチェックアウトするだろうって椿木さんから聞いていたので……」

時町見初。

彼女によって、碧羅をあと一歩のところで取り逃がしてしまった。そう考えると苛立ちを覚えるし、向こうも外峯には悪感情を抱いているはずだ。

同じ椿木の人間でありながら、冬緒と自分とではすべてが違う。仲間意識なんてありはしないだろう。

だから以前の件で文句の一つや二つでも言うのかと思えば、見初は柔らかな表情でこう切り出した。

「道に迷っていた妖怪を助けてくれたんですよね？　ありがとうございました」

「あれは……助けたわけでは。あのまま放置して縋りつかれたら面倒なので、仕方なくやったことです」

「でもあの子が言ってましたよ。はぐれてしまわないように、ゆっくり歩いてくれていたって」

冬緒が今の彼に至ったのは恐らく彼女の影響だろう。何となくそう直感した。

同時に「羨ましい」とも。そのせいか、急に罪悪感が膨れ上がった。

「……時町様、永遠子様にお伝え願えますか。誠に申し訳ありませんでした、と」

「この前のこと、ですか？」

「いいえ。それだけではなく……」

怪訝そうに尋ねる見初に、外峯は首を横に振った。

彼女に謝らなければならないことが、もう一つある。

そのことも含めて謝りたいと思う。きっと許されないと分かっていたとしても。

「…………」

けれどそれは椿木家を、紅耶を裏切ることに繋がる。だからこれ以上は何も言えなかった。

「……妙な話をしてしまいました。今の言葉は忘れてください」

最後に掠れた声でそう頼み、足早にホテルから立ち去る。見初が追いかけてくることはなく、外峯は紫に変色した唇を震わせながら深く息を吐いた。

◆◆◆

「ホテル櫻葉はどうだった？　楽しかっただろう？」

椿木家に戻るや否や、雪匡に呼び出されたかと思えばそう尋ねられた。

「いいえ。殆ど部屋に籠っていましたので」

元より楽しみなど求めてはいなかった。妖怪も神も客として当たり前のように招く。椿木家の人間としてホテル櫻葉を認めるわけにはいかないのだ。

やはりあそこには行くべきではなかった。自分の居場所はここだ、この椿木家だけだ。

ホテル櫻葉でも――かつての家族の下でもない。

だが願うだけは許されるというのなら雪臣や朱男、冬緒のように今の自分ではない何かに変わりたい。いや違う。

家族で笑い合っていたあの頃に戻りたい。

◆◆◆

「十一時に予約していた外峯です」

不思議な偶然も起こるものだなぁと、見初は思わず目の前の女性を凝視してしまった。

その視線に気付いたのか、永遠子に「見初ちゃん」と声をかけられて我に返る。ちなみに女性は宿泊カードを記入するのに集中していた。

一週間前に宿泊した外峯と、たった今やって来た外峯。まあ流石に赤の他人だとは思うのだが。

妙な勘繰りは止めようと自分に言い聞かせていると、カードを書き終えた女性の口が開きかけた。けれど何の言葉も発することなく閉じられてしまう。

「お客様、如何されましたか？」

何か言いたげな様子を察した永遠子に尋ねられると、女性は意を決したように再び口を開いた。

「このホテルの人たちって、お化けとかそういうの見たことありますか？　そんな噂を聞いたんですけど」

「いいえ、たまにご質問いただくことがありますが、うちのスタッフでそのような体験をした者はおりません」

実際聞かれることが多いので、特に動揺することなく永遠子がそう答えると、女性は一瞬落胆の表情を見せてから「ですよね」と寂しげに笑った。

その姿を見て永遠子が言葉を続ける。

「ですけれど、もし見ることが出来るのなら怖いだけじゃなくて、予想外に楽しいことだってあるかもしれませんよ」

「……そんなふうに思えたらいいですね」

相槌を打つ女性の笑みは、幾分か柔らかくなっていた。

そして思い出を懐かしむような声で語り始める。

「実はうちの家族にも一人いる……いえ、いました。そういうのが見えてたみたいで、私に変なのが取り憑いているって言い始めて……私も両親も気味悪いって思いました。でもずっと怖い夢を見ていたから、もしかしてって思ってたんですけど」

「……お客様はどうして、その方の言葉を信じなかったのですか？」

「お化けとか本当にいるなんて、ましてや自分に憑いているなんて怖くて認めたくなかったんです。結局あの人は……兄は私たちとの連絡を絶ってしまいました。それでも私を心配して、お祓いの手配までしてくれて……お祓いのおかげで私は怖い夢を見ることがなくなりました。ただ……兄とはそれきりで」

「どこにいらっしゃるのかも分からないのですか？」

「はい。勤め始めた会社も辞めていましたから。……あ、す、すみません。何か色々話しちゃって。不思議ですよね。こんな話」

困ったように眉を下げて女性が笑う。目の形がどことなく先日見送ったぶっきらぼうな陰陽師と似ていると、見初は思った。

第四話　どすこいファイトクラブ

「おはようございまーす、お届け物でーす」

早朝、宅配業者が寮にやってきた。某通販サイトのロゴマークが描かれた段ボール箱を持って。

たまたま廊下に出ていた見初《みそめ》がその対応をすることになった。

「ありがとうございます～……ん？」

箱を受け取ると、ズシ……ッと掌に伝わる重み。数々の荷物を客室に運んで来た見初も、一瞬体がぐらついた。そんなに大きくない箱なので不意打ちを喰らってしまった形だ。

しかしそれよりも、見初に衝撃を与えたものがあった。

受取人の欄を見て息を呑む。

「お受取人は風来《ふうらい》様と雷訪《らいほう》様とのことですが、こちらでお間違いありませんか？」

「はい……うちの従業員です」

狸と狐、通販サイトを使う。見初だっていまだに通販サイトを使いこなせないというのに、獣たちに追い越されてしまった。

若干敗北感を覚えつつ、二匹の部屋に向かう。その途中ですれ違った火々知《かがち》に渋い顔をされてしまったのは、恐らく先日竜宮城で箱詰めされた挙げ句、着払いで返送されたトラウマが蘇るからであろう。しかしあれは明らかに火々知が悪い。

「風来、雷訪、まだ部屋にいる？」

「あっ、見初姐さんおはよ～」

コンコンとノックしながら声をかけると、風来がドアを開けてくれた。その後ろには雷訪もいる。

「風来たちって通販で何か頼んだ？　荷物が届いたんだけど」

「ほんと⁉　やったー、ホントに届いた！」

「いやいやインターネットとはすごいですなぁ！」

「お金払ってるのに届かなかったら大変だからね……」

部屋にお邪魔して段ボール箱を床に置く。

てっきり荒れ放題かと思いきや、室内はきちんと整頓されており、清潔に保たれている。テーブルに飾られているピンク色の花は柚枝《ゆえ》が成長させたものだろうか。花瓶も青みがかった硝子製で、流水のような模様が彫られていてお洒落だ。おまけに小型の空気清浄機まである。

ＯＬの一室のような様相に見初は言葉を失った。人間社会への順応力が凄まじい。ＳＮＳに部屋の写真を投稿出来そうだ。

「一週間に一回、永遠子《とわこ》様が部屋が綺麗かどうかチェックしにくるのですぞ」

「オイラたちも最初は部屋が汚いって怒られてたんだけど、ずっと綺麗なまま過ごしてたら怒られないし、むしろ永遠子姐さんから褒めてもらえるって気付いたんだ」

「なので二匹で話し合って、常に部屋を綺麗にするようにしたのですぞ」

当たり前のことを当たり前にする。簡単なようで中々難しいことに、彼らはしっかりと取り組んでいるようだ。

人間たちも見習わなければならないと、見初は強く感じた。

「ねぇ、通販で何を頼んだか私も見ていい？」

「いいよ！　待っててね～」

風来がベリベリッと軽やかにテープを剥がして段ボール箱を開く。

箱の中にはさらに箱が入っており、そこにはデカデカと商品の写真が載っていた。

漆黒の闇を彷彿《ほうふつ》とさせる鉄アレイが、見初の度肝を抜く。

「……ホァッ⁉　これ中身間違えて送られてきたんじゃないの⁉」

「ううん、これオイラたちが注文したんだよ」

「私たちはこの数日間、これの到着を待っていたんですぞ」

「あ、そうなの……？」

一瞬でも通販サイトの業者を疑ったことを反省しながらも、見初は箱から鉄アレイを取り出した。

窓から差し込む太陽光を浴びて鈍い光を放つボディ。重量10キロ。

多分筋トレに興味を持たない限り、生涯手に入れる機会がないであろうアイテムである。

「何でこんなの買ったの？」

見初の声に戸惑いの色が混じるのも致し方なかった。お洒落空間に突然投入された筋トレグッズ。ＯＬの部屋にボディビルダーが転がり込んで来たみたいになっている。

「ふっ愚問ですな、見初様。もちろん鍛えるために決まっております！」

「そう！　毎日これを持ち上げ続けていたら、一ヶ月後には林檎を握り潰せるくらい強くなってるはず！」

強さのハードルが高すぎる。

大抵の人は助走をつけまくっても越えられない高さだ。それに強さを誇示するためだけに握り潰される林檎が可哀想である。

だが鍛練の理由を知って、見初は目を瞬かせた。

「見初姐さん、冬緒《ふゆお》の実家の奴らに狙われることが多いって聞いたんだ」

「！　それは……」

「冬緒を責めているわけではありませんぞ。冬緒も苦労していると聞きました。そこで考えたのです。見初様たちをお守りするために、我々はもっと強くなるべきだと」

「……風来と雷訪はそんなこと考えなくていいんだよ？」

見初は表情を曇らせた。自分の問題に冬緒や永遠子だけではなく、風来と雷訪まで巻き込んでしまうことになるとは。

心配してくれていたことが嬉しい反面、申し訳なさで心が痛む。そんな見初に二匹が元気よく叫ぶ。

「それにオイラたちは将来、白玉《しらたま》様の右腕と左腕になりたいから今のうちに頑張っておかなくちゃね！」

「そうですな！　大妖怪となるであろう白玉様には優秀な手下が必要ですので！」

そう言いながら二匹は鉄アレイを挟むような形で立つと、端の丸い部分を掴んだ。

「せーの……」

「はいっ！」

……鉄アレイは持ち上がらなかった。動かざること山の如し。しかし二匹は全身全霊で持ち上げようとしているのだろう。小さな体がプルプルと小刻みに震えている。

やがて彼らは息切れしながら手を離すと、箱についていた説明書を読み始めた。

「おかしいなぁ……全然持ち上がんないよ」

「もしや表面に糊が塗られていて、見初様が床に置いたために貼り付いてしまったのでは？」

「違うよ！」

濡れ衣を着せられそうになり、すかさず見初は抗議した。見初のために強くなりたいと言っておきながら、鉄アレイが持てない原因を押し付けてくるとはどういう了見か。

無実を証明するために見初は鉄アレイを掴み、持ち上げた。その様を見た二匹の目が大きく見開かれる。

「え……えええええっ⁉」

「一体どのような術を使ったのですか、見初様！」

たかが鉄アレイを持ち上げただけでこの騒ぎよう。見初は溜め息混じりに残酷な真実を彼らに告げた。

「風来と雷訪には重すぎて持てないんじゃないかな……」

◆　◆　◆

その日の夜、風来と雷訪はホテルの裏山の前にやって来ていた。

「目標変更！　まずはあの鉄アレイを持てるようになるくらい力をつけよう！」

見初に軟弱さを指摘された彼らは、まずは現時点で出来る鍛錬を行うことにした。

先端に木の枝が数本固定された縄を胴体に巻き付けて、一気に駆け上がる。

「うおおおっ」

「ぬおおおおっ」

二匹の掛け声とともに聞こえるカラン、カランという木の枝が石や他の枝にぶつかる音。

たかが数本程度では獣たちの動きを制限する効果など皆無で、単なる飾りと化していた。

だが、二匹は何度も走り込みを繰り返した。鉄アレイを余裕綽々《しゃくしゃく》で持ち上げ、見初を驚かせるために。鍛練の新たなステップを踏み出すために。


そして数日後の夜。風来と雷訪は部屋の片隅に置かれた鉄アレイを睨みつけていた。部屋の点検に訪れた永遠子によって、邪魔という理由で追いやられたのである。

「行きますぞ、風来」

「うん。せーの！」

「ほいっ！」

声をかけ合って一緒に持ち上げようと試みる。

だが鉄アレイはびくともしなかった。土中に根を張り巡らせた大樹のような堅固さを見せ付けられるだけだった。

「くっ、我々はあまりにも非力ですな……」

「まだだよ！　まだ終わらないよ！」

その通り。目的を果たすまで立ち止まることは許されないのだ。

「というわけで……今度は腕立て伏せを頑張ろう！」

「ここは木にぶら下がって懸垂が最適と思いますぞ！」

「「……え？」」

ほぼ同時に次のトレーニング内容を掲げ、互いに顔を見合わせる。

何言ってんだ、この獣と言いたそうな顔で。

「オイラは腕立て伏せのほうが腕の筋力がつくと思うな」

「何を言うのです。懸垂のほうが効果があるに決まっているではありませんか」

「えーっ！　あんまり意味ないんじゃないの！」

「風来の案よりはよいのではないでしょうか！」

「そんなことないよ！」

「そんなことありますな！」

次第に二匹の語気が荒くなっていく。彼らの間でぽつんと放置された鉄アレイも、突如始まった修羅場に居心地が悪そうにしている。

そして仲裁をする者が誰もいない口論はますますヒートアップする一方だった。

「そうやっていっつもオイラより頭よさそうにしてるけど、ほんとはオイラより頭悪いって知ってるんだからなぁ！」

「何を馬鹿なことを！　少なくともお馬鹿風来よりはマシですぞ！」

「雷訪のくせに偉そうにするなー！」

「ふんっ、風来より私のほうが偉いから偉そうにしているだけですが何か⁉」

「うるさーい！　雷訪なんてもうオイラの相棒じゃないやい！」

「私だってもう一緒にいるつもりはありません！　では失礼！」

売り言葉に買い言葉。堪忍袋の緒が切れた雷訪はそう宣言すると、窓を開けて外へ飛び出して行った。

風来はふんっと鼻を大きく鳴らし、思い切り窓を閉めた。

「雷訪があんな奴だと思わなかった！　もうあいつとは絶交だ！」

ぶつぶつと呟きながら床にうつ伏せになると、風来は小さな手を床に付けて腕立て伏せを始めた。

「一、二……一、二……」

そして五回目で動きをピタリと止める。起き上がった風来は苦しそうに息を切らしていた。

「きょ、今日はこのくらいにしよう。続きは明日……」

腕立て伏せもやってみると、案外過酷であることを風来は思い知らされた。

普段使わない筋肉を使い、疲労した体を癒すためにテーブルに置かれたおやつに前脚を伸ばそうとする。けれどすぐに引っ込めてしまう。

醤油タレを塗って海苔で包んだ磯辺餅が二つ。後で二匹で食べようと、雷訪と一緒にホテルの売店で買ったものだった。

「……今そんなにお腹空いてないし、いらないや」

拗《す》ねた口調で呟いて、ベッドによじ上ると掛け布団に包《くる》まった。

いつもはすぐにぽかぽかと温かくなって気持ちよく眠れるのに、今夜は中々温まらない。

いつも二匹でくっつき合って眠る布団は、風来一匹だけでは大きすぎるのだ。

だが外にいる雷訪のほうが、もっと寒い思いをしているかもしれない。ふと浮かんだ懸念を振り払うように、風来は首を横に振った。

「え？　雷訪が？」

「ええ。昨日の夜、柳村《やなむら》さんの部屋に来て『三日ほど有給を使いたい』って。雷訪ちゃん何かあったの？」

「う、ううん。知らない……」

風来は動揺でどもりながらも答えた。

どうせ次の日の朝になれば、仕事もあるので戻ってくるとのんきに思っていた。なのに朝食の場に姿を見せず、焦りを感じていると永遠子から雷訪の様子を聞かれ、彼が有給休暇を使ったと告げられたのだ。

「で、でも三日だけなんだよね？　三日経ったらちゃんと戻ってくるんだよね？」

「普通に考えたらそうでしょうけど……もしかして、風来ちゃんと喧嘩して部屋から出て行っちゃったの？」

「な、何で分かったの⁉　永遠子姐さん、サトリの力使えるの⁉」

「そんなの使えなくても分かるわよ。いつもお互いのことを誰よりも知っているはずなのに、他の人に聞こうとするんだもの」

優しい声で言われて、風来は気まずくなった。まるで自分たちは誰よりも仲良しだと言外に匂わせているように聞こえたのだ。

あんな知的ぶった狐など、もう相棒でも何でもないのに。それを知らずに、尚も永遠子はこんなアドバイスをするのだ。

「あんまり拗《こじ》らせないうちに、少しでも自分が悪いと思ったら謝ったほうがいいわよ」

「オ、オイラ、自分が悪いなんて思ってないし……」

「本当に？」

「うん！」

「だったら、どうして雷訪ちゃんのことを一方的に悪く言わなかったのかしら」

風来はその問いに答えることが出来なかった。

ゴミ捨て。ホテルと寮周りの掃き掃除。暇をもて余した妖怪客たちの話し相手。柚枝とともに庭の手入れ。

◆◆◆

それらの雑務を本日は風来だけで行った。一匹いないだけでこんなに忙しいなんて……と、風来は自室の床で力尽きていた。夕飯を食べ終わり、眠くて眠くて腕立て伏せをやる気力などこれっぽっちも残されていない。

だがしかし夕食の時間になっても、雷訪は寮に戻ってこなかった。永遠子から話を聞いた冬緒が「俺の札で探すか？」と言ってくれたが、反射的に断ってしまったのだ。こちらから探しにいけば、負けだと思ったから。

どうせ三日後には帰ってくる。そんな考えもあった。

「ですが戻ってこない可能性もあると、ワタシは予想します」

風来の心を読んだかのように言ったのは、付喪神と化したあとで二匹に引き取られた黒電話だった。風来と雷訪の口喧嘩を聞いている唯一の存在だ。

「あなたに嫌気が差して、出雲から離れてしまうこともあります」

「べ、別にオイラは気にしないもんね。オイラだけでもみんなを守れるし」

「この期に及んで、まだ強くなりたいと？」

本人に悪気はないのだろうが、言葉の返しが辛辣である。

だがそれにより、風来は薄れかけていた目標を取り戻した。

「そう……そうだよ！　オイラは鍛えて強くなりたいんだ！　どうすれば強くなれるか黒電話なら分かる？」

そして博識の黒電話なら、いいアイディアを出してくれるかも知れない。藁《わら》にも縋《すが》る思いで風来が尋ねると、「少々お待ちください」と平坦な返しをされた。

それから普通の電話に戻ってしまったかのように静かになった。風来が声をかけても無反応。

雷訪だけでなく黒電話まで。押し寄せる不安感に風来が襲われている時だった。

ジリリリリ！

黒電話から鳴り出す昔ながらのベルの音。驚いて飛び跳ねる風来に、黒電話が言う。

「あなたの悩みを解決出来そうな人物に電話を繋げました」

「すごい！　やっぱり妖怪専門のお悩み相談所出来るよ！」

「さあ、早くお取りください。向こうもあなたが部屋に入ることを待ち望んでいるようですよ」

「部屋？　よく分かんないけどありがとう！」

特に深く考えず、風来が受話器を取ると何者かの声が向こうから聞こえてきた。

「力が欲しいか……？」

威圧感のある声に、風来はゴクリと唾を飲み込む。

深淵からの誘いに応じてしまえば二度と戻ってくることは出来ない。そんな予感に背筋が震えるものの、ここまで来たら進むしかなかった。

「う、うん。オイラに力をください」

「よかろう……であれば三日後の昼頃、松江市に来い」

「え？　何か馴染みのある地名出されると急に緊迫感薄れるなぁ……でも行くよ、行く行く！」

違和感を抱きつつも、風来はノリノリで承諾した。

その様子を間近で眺めていた黒電話がぽつりと呟きを零す。

「詐欺に引っかかる被害者って、こういう人ばかりなんでしょうね」

自分が電話を繋げたというのに、まるで他人事のような物言いだった。

そこからの風来の行動は早かった。

通話を終えるとすぐに柳村の部屋に向かい、三日後に有給を取りたいと申し出た。柳村も雷訪が帰ってくるので入れ違う形であれば構わないと許可した。

期待と不安を抱えながら仕事に打ち込み、疲れた体に鞭を打って腕立て伏せも数回行い、泥のように眠る毎日。

「風来……大丈夫？」

松江市に旅立つ前夜、風来を気遣うように声をかけたのは見初だった。その腕の中で白玉も「ぷぅー……」と心配そうに鳴いている。

「オイラなら大丈夫だよ！　ずっと忙しかったけど明日からはお休みだし！」

元気アピールをするように両前脚を上げるも、彼女たちの表情は変わらない。

「うーん。忙しそうっていうのもあるけど、雷訪がずっと帰って来ないから寂しいのに無理しているように見えちゃって」

「寂しくないよ！　オイラだけで集中して仕事出来て気楽だね！」

「……だったらいいけど。でも明日からどこかに行くんでしょ？　だったらせめて雷訪が帰ってくるまで待っていたら？」

「ダ、ダメだよ。オイラ明日は早く行かなくちゃいけないんだ。それじゃあおやすみ見初姐さんと白玉！」

風来は強引に話を切り上げて自分の部屋に逃げ込んだ。早朝に寮を出なければ、時間に間に合わなくなる。なので今夜はもう寝なきゃと、布団に潜り込む。段々一匹だけで眠るのに慣れてきたのに、何故か全然嬉しいと感じることが出来なかった。

そして翌朝。いつもより一時間早く風来は目覚め、朝食の準備をしていた食堂で作ってもらったおにぎりとたくわんを貰って寮を後にした。

◆　◆　◆

室内に充満する熱気。あちらこちらから上がる叱咤混じりのかけ声。

白い『回し』を着けた逞《たくま》しい男たち。

縄で円を描いて作った簡易的な『土俵』。

目の前に広がる光景に風来が呆然としていると、一際大きな体格をした男が並びのよい歯を見せ付けるような笑みを見せた。

「我らが相撲部屋へようこそ、櫻葉《さくらば》さんのとこのたぬころ。親方の陣幕《じんまく》だ」

「どすこいファイトクラブ⁉」

見渡す限り力士、力士、力士。

黒電話を信じて受話器を取った結果がこれである。まさかの相撲部屋に風来は驚愕のあまり、腰を抜かした。

だがこの男、何故妖怪である風来のことが見えて、当たり前のように受け入れているのか。その理由は陣幕本人の口から語られた。

「我らは全員陰陽師なのだ」

「え……どう考えてもお相撲さんじゃん」

「陣幕家は札や術に頼らず、相撲で退魔をする一族でな。出雲は相撲発祥の地だということは知っているか、たぬころ」

「う、うん……」

建御雷神《たけみかづちのかみ》と建御名方神《たけみなかたのかみ》が出雲の地をかけて稲佐《いなさ》の浜《はま》で力競べをしたのが元になった、と聞いたことがある。それに江戸時代の頃、雷電為右衛門《らいでんためえもん》を始めとする松江藩お抱えの様々な力士が活躍したのだとか。

「出雲から生まれたこの国技、いや神技をいつまでも守り続けていくため、陣幕家は退魔に相撲を取り入れることにしたのだ」

「へぇ〜。オイラ、相撲大好きだからそういうのかっこいいと思うな」

特に他意もなく風来はそう言った。

非番の時は相撲の取組を観ることが多いのだ。

もちろん、相棒と一緒に。その時のことを思い出してしまい俯く風来だったが、そんな場合ではなかった。

「何、お前も我らと同じようにかっこよくなるぞ。喜べ！」

「ハッ」

確かに風来は相撲が好きだ。だが自分が本格的に相撲をやりたいかと言われれば、また話は別である。

それに陰陽師としてなら、柳村や冬緒のような札や術を用いた戦い方が理想だ。

「オ、オイラじゃ多分無理だと思うから帰りまーす……」

「まあ待て」

風来が踵《きびす》を返そうとすると、既に背後を数人の力士に囲まれており、完全に退路を断たれていた。その威圧感たるや。風来が「ヒエッ」と悲鳴を漏らすのも無理はなかった。

「せめて十日間だけでもいいから、頑張っていかないか」

「お前ならきっとやり遂げられる。そんな意志の強さを感じる」

「ちゃんこ美味いぞ」

「人生何事も経験って言うだろう？」

怯え戸惑う哀れな獣に力士が一人一人言葉をかけていく。途中、食べ物で釣ろうとする者もいたが。

「でもオイラ、鉄アレイも持てないようなダメ妖怪だし……ちゃんこ食べてみたいけど……」

「なぁに、どんな者も最初は皆非力な生き物だ。我も昔は力が弱い子供で、周囲から冷たい目で見られていた。そんな自分を変えたくて、家業を継ごうと決心したのだ」

自らの過去を語る陣幕の声は電話の主とは思えないほど優しかった。その声に安心したのか、少しやる気が湧いてきた。

「す、すんごい弱くても強くなることは出来るの？」

「ああ。努力がそのまま結果に繋がるとは限らない。だが焦らず腐らず、前進を諦めない力を身に付けることが努力の本質だと我は考えている。望むような結果を得られたら、儲けもの程度に考えればいい」

「焦らず……腐らず……」

風来は拳を握り締め、陣幕に頭を下げた。

「陣幕親方！　オイラに稽古をつけてください！」

「任せておけ！」

こうして風来の弟子入りが決まった。

◆◆◆

「ていっ、ていっ！」

数時間後、屈強な力士に混じって木の柱へ張り手を連打する小さな狸の姿があった。早速稽古をスタートさせた風来が着けている回しは、陣幕たちが準備した特注品である。

「いけ、たぬころ！」

「はい親方！」

風来の模擬戦の相手は、風来よりも小さなサイズの式神だった。ひょろ長い体でとても弱そうな見た目だ。あれなら自分でも簡単に投げ飛ばせると高をくっていると、

「ふぎゃっ」

あっさりと投げ飛ばされてしまう。一体何が起こったのか分からず、風来は床の上で暫く固まっていた。

その様子を見て陣幕が豪快に笑う。

「ははっ。見かけに騙されるものじゃないぞ。技を極めれば、自分より大きな相手を御することも可能だ」

「うぅ……も、もう一回やらせて！」

風来は立ち上がると、式神へ立ち向かっていった。そして宙を舞う。

「あぎゃっ」

投げ飛ばされる瞬間の記憶が、ない。呆気なくやられてしまった風来へ、力士の一人が声をかける。

「最初は投げ飛ばされて受け身の取り方を覚えるんだ。俺も苦労したよ」

「よ、よーし、オイラだってー！」

すぐに起き上がり、再び突っ込んでいく風来の姿に力士たちから「おお……」と感嘆の

声が上がる。

「あの狸、大したものだな。初日から気合が入っている奴だって、何度もああやって投げ飛ばされたら普通心が折れるもんなんだが」

「あんなちっこいくせに立派だなぁ。親方、いい新入りを連れて来ましたね」

弟子の一人からの言葉に、陣幕は満足げに頷いた。

「たぬころは立派な狸になるぞ……我が保証する」

「いや親方、あいつ元々狸なんで」

ダイヤの原石を見つけたことで意気揚々としている親方に力士は冷静にツッコミを入れた。

数時間後になると、風来も流石に力尽きてぐったりと動かなくなっていた。ずっと風来の相手をしていた式神にツンツンと指でつつかれても無反応。

「よし、晩飯にするぞ！　おい起きれるか、たぬころ」

「ふぁ～い……」

一応返事はするものの、身動き一つしないので見兼ねた陣幕によって食堂まで運ばれていく。

けれどこんなに疲れていると、食べる元気もないかも。そんな不安が風来の中にあったが、それは杞憂《きゆう》で終わった。

食堂に到着すると、食欲をそそる匂いが風来の嗅覚を刺激した。

「こ、この野菜と肉の旨みが溶け込んだような匂いは……⁉」

料理評論家のような発言をしながらテーブルへと視線を向ける。

そこに並べられていたのは、皿に山盛りになった料理の数々。から揚げ、野菜炒め、肉じゃが。そしてその中心に陣取る大鍋の中には、鶏団子と野菜たっぷりのちゃんこ。

「我らは食べることも仕事なのだ。……たぬころ、食欲はあるか？」

「あります」

即答した風来の口からは、だらだらとナイアガラの滝のように涎《よだれ》が垂れていた。

どれから食べよう。そう迷っていると、風来の前に出されたのは小皿に盛られた料理だった。えっ、と固まる風来に陣幕が笑顔で説明する。

「いくら妖怪でも、狸に濃い味付けの飯は食わせられないからな。たぬころはこっちだ」

ありがたい気遣いなのだが、力士たちと同じものを食べられると思っていただけにショックだった。口から流れていた滝も止まる。

だが狸向けに調整された料理はどれも美味しかった。薄味ながら、しっかりと旨みがあっていくらでも食べられてしまう。

特にちゃんこが最高だ。かつおと昆布の合わせ出汁をベースにしたスープなのだが、そこに野菜からの出汁も溶け込んでいる。蓮根や牛蒡入りの肉団子も食べ応えがあり、シャクシャクとした食感がくせになる。

「お、美味しい……桃山《ももやま》おじちゃんの料理と同じくらい美味しい！」

「桃山……？　ああ、やっぱり今もあの人はあそこにいるのか」

合点がいった様子で陣幕が言う。

「うちの料理は元々極端に濃いか薄いかの味付けしか出来なくて、これでは飯も進まないと評判が悪かったんだ。それで柳村さんに相談したら、桃山さんが指導に来てくれることになった」

「へぇ～」

今風来が美味しい料理を食べていられるのも桃山のおかげのようだ。

彼に感謝しながら咀嚼《そしゃく》していると、隣に座っていた力士が思い出したように風来に質問した。

「でも、どうして強くなりたいって思ったんだ？　ホテル櫻葉の人たちの式神になったとかじゃないだろ？」

「そうだな。あそこでは妖怪もあくまで同じ職場の仲間として働かせていると聞いたぞ」

「うん。ホテルのみんなから言われたからとかじゃないよ。オイラが皆を守りたくて頑張りたいって思ったんだ！」

食堂に集まった力士たちはその答えを笑い飛ばすことなく、神妙な表情で頷いた。

「だけど……オイラ、ずっと特訓してたんだけど全然強くなれなくて、イライラして一番の友達に八つ当たりして喧嘩しちゃったんだ……」

潤んだ瞳から零れた雫がちゃんこの中にポチャンと落ちる。美味しい食事を堪能していたはずの風来の耳は、ぺたんと力なく垂れていた。

「でも親方の話を聞いて違うように考えることにしたんだ。まずは強くなるのを目指すんじゃなくて、努力を続けられる力を身に付けるんだって」

「たぬころ……」

陣幕が風来の頭をわしわしと乱暴に撫でる。そのせいで毛並みがぼさぼさになってしまうが、風来は嬉しそうに目を細めていた。

「我らは全力でお前の成長の手助けをするぞ」

「親方ありがとー！」

「さあ、まずは美味い飯を食って体力をつけろ！」

「うん！　……アッ、アツゥイ！」

風来は大きく頷くと、鶏団子を一気に頬張って舌を火傷した。

陣幕からもらった水をゴクゴク飲みながら胸の中で誓う。ここで修行を積んで体だけではなく心も鍛えて、ホテル櫻葉に戻ったら雷訪に誠意をもって謝ろうと。

◆◆◆

「えっ、風来が角界デビュー⁉」

「ぷぁ⁉」

前日に宣言していた通り、本当に朝早くに寮を出て行った風来を案じていた見初と白玉は、永遠子からもたらされた情報に目玉が飛び出す勢いで驚愕した。

陣幕家という相撲を主体とした陰陽師家に弟子入り。こんなの誰も予想出来ない。

「永遠子さんは誰からその話を聞いたんだ？」

冬緒が困惑した表情で尋ねる。フロントの電話で誰かと話していたかと思えば、通話後に「風来ちゃん、相撲部屋にいるんですって……」と苦笑しながら話し始めたのだ。その電話主が情報源で間違いないだろう。

「陣幕さんご本人からよ。でも本格的に弟子入りするとかじゃなくて、体験入学みたいなものかしら。だから風来ちゃんを十日くらい預からせて欲しいって」

「十日もってことは、それだけ風来に見込みがあるってことですかね？」

「どうかしらねぇ……」

曖昧な反応をする永遠子を見るに、風来に素質があるからというわけでもないようだ。

実際風来に、相撲は難易度が高いような気がする。

と、忘れてはいけないことがあった。

「そ、そうだ。雷訪にもこのことを教えてあげなくちゃいけませんよ！」

三日間有給を使ってどこかへ行っていた雷訪は、ちょうど風来と入れ替わる形で寮に戻って来た。何かを包んだ風呂敷を背負って。

その時間の差、僅か五分程。廊下ですれ違った従業員には目もくれず、慌てて自室に向かった。

だがそこにいるはずの狸の姿はなかった。ホールにもいない。どこにもいない。

風来を探し回り、悄然《しょうぜん》としながら部屋に戻ろうとすると、その途中で柳村から風来も有給を取ってどこかへ行ってしまったと教えられたのである。

そして二匹分の仕事を終えると、引きこもってしまったのだ。冬緒の部屋に。

「どうして椿木《つばき》さんの部屋に……？」

「一匹で自分たちの部屋にいると、風来のことを考えて寂しくなるんだろうな」

冬緒が目を伏せて静かな声で言う。彼も雷訪の気持ちを理解しているから、部屋から追い出したりしないのだろう。

自分の帰りを待たず、誰にも何も言わずホテル櫻葉を去って行った相棒。雷訪が何も思わないはずがない。

「……ちょっと俺、雷訪のところに行ってくる。時町《ときまち》、ここ頼んだぞ」

「はい。雷訪のことよろしく頼みます」

「雷訪ちゃんを元気付けてあげてね」

見初と永遠子に見送られ、冬緒は自分の部屋に戻った。

すると部屋の中心で座り込み、窓の外をじっと眺めている狐の姿があった。その傍らには持ち帰ってきた風呂敷の包みもある。

非常に話しかけづらい雰囲気に、どんな言葉をかけてやればいいか迷いながら冬緒は切り出した。

「あー……雷訪？　風来が今どこにいるのか分かったみたいだぞ……」

「聞かなくても分かっております。千葉県にあるネズミたちの王国でしょう？　それか、大阪にあるUFOみたいな名前の遊園地ですかな？」

こちらを振り返ることなく、雷訪が覇気のない声でそう返す。

何故その二か所が候補地に？　冬緒が首を傾げる中、雷訪はとうとうと語る。

「以前からいつか風来と一緒に行こうと話していたのです。ですが今回私に愛想を尽かして、一匹で旅立ってしまったのです」

「違う違う！　あのな、風来は……」

「慰めの言葉などいりませんぞ！　私はもう風来に嫌われてしまったのです〜〜！」

ようやく冬緒へと振り向いた雷訪の瞳からは、大粒の涙が次々と零れていた。

あまりの泣きっぷりに反射的に後退りしながらも、冬緒は高速首を横振りマシンとなった。

「だから違う違う！　あいつがいるの松江だ、松江！」

「松……？　どういうことですかな？」

「陣幕って相撲をやっている陰陽師のところに修行しに行ってるらしい。だから遊びに行ってるわけではないんだよ」

「ということは風来は私を足手纏いだと判断して、一匹で行ったのですなぁ……」

そういうわけでもなくて。否定しようとした冬緒だったが、風来が何を思って陣幕の下に行ったのか分からない以上、はっきりとしたことが言えない。

あのお調子者なところが玉に瑕《きず》だが、思いやりの気持ちも強い風来が一蓮托生《いちれんたくしょう》とも言える雷訪を見捨てるとは思えない。

けれど……と悩んでいる時だった。

「ぷうっ！」

こっそり冬緒についてきたらしい白玉が鋭く鳴いた。小さな体の背後に、赤々と燃える炎の幻覚が冬緒には見えた。

怒っている。白玉がすごく怒っている。

「ぷぅ！　ぷぅぷぅ！」

「ひっ、はいぃ！」

一体何を言われているのか、雷訪は先程とは別の意味で涙目になっていた。

怒っている姿も可愛いとは誰の言葉なのか。弱音を吐き続ける雷訪に厳しく説教をする白玉はただひたすら怖い。

「雷訪、白玉は何て言ってるんだ？」

「い、いつまでも冬緒に迷惑をかけていないで、さっさと自分の部屋に戻りなさいと仰っております」

「白玉、俺のことを心配して……？」

「冬緒はともかく、見初様にも迷惑をかけることは絶対に許さないと」

胸をときめかせる冬緒の想いを雷訪があっさり打ち砕く。この狐は白玉語を翻訳しているだけなのだが。

「ぷぁぁぁっ！」

「も、申し訳ありません！　ですが自分たちの部屋に今すぐ戻るのは心の準備が……」

「ぷ⁉　ぷぅぅっ！」

どうやら雷訪の言葉が、火に油を注ぐ形となったらしい。白玉はスペインの闘牛のように頭でぐいぐいと雷訪の背中を押して、冬緒の部屋から追い出してしまった。

「ぷぅっ」

そして仕事をやり遂げた顔で鼻を鳴らす。

「白玉……」

その勇ましさに冬緒は控えめな拍手を送った。


一方容赦なく追い出された雷訪は、重い足取りで自室に戻った。

「ただいまですぞ……」

泣くのを堪えるような声で、誰もいない部屋に帰りを告げる。

当然返事などないかと思いきや、

「お帰りなさいませ、雷訪様」

その声は黒電話だった。雷訪が望んでいたものではなくて、つい俯いてしまう。

「雷訪様、その風呂敷の中身はお土産ですか?」

「……はい。もう渡す相手がいなくなってしまいましたが」

風呂敷を開き、中に入っていた箱から中身を取り出す。

羊羹《ようかん》を白い生地でサンドイッチしたような見た目。島根にある老舗の和菓子店『桂月《けいげつ》堂《どう》』で発売されている出雲三昧《ざんまい》だ。

真っ白な落雁《らくがん》と求肥《ぎゅうひ》で羊羹を挟んでおり、ほんのり甘く優しい味わい。お茶菓子に持ってこい。テレビで紹介されているのを見て、風来が「食べてみたいなぁ～」と言っていたものだった。

ちょっと遠出になるが、これを買って帰って謝れば、風来も許してくれるかもしれないと思ったのだ。

既に手遅れだったようだが。

なのに何故か黒電話は怪訝そうな声で言うのだ。

「風来様は鍛練に出向かれただけですが？」

「はい。私は役立たずだからと置いて行かれてしまいましたぞ」

「風来様も雷訪様と喧嘩してしまったことを後悔していました。なので、テーブルにあるものをずっと食べずにいましたよ」

「あるものとは……？」

失意の中、テーブルへ視線を移す。

そこにあったのは、何日も放置されて固くなってしまった磯辺餅だった。喧嘩をする前、二匹であとで食べようと言って、売店で買ったのだ。

「どうして……私の分も食べてしまえばよかったのに」

「二匹で仲良く食べたかったのでは？」

「う、うう～～……！」

雷訪の瞳から再び涙が溢れる。けれど冬緒に見せたような悲しみの涙ではない。

こんな偉ぶってばかりの自分を、まだ相棒だと思ってくれている風来への感謝。そんな風来に嫌われたと思い込んだ自分自身への苛立ちによるものだった。

◆　◆　◆

「白玉、随分とぷんすかしたんだねぇ……」

夜になってもまだ雷訪への怒りが収まらないのか、白玉はご機嫌斜めだった。何度も後ろ脚で床を強く蹴っている。

結構うるさいので見初のベッドの上へ移動させるも、お構いなしにそこでもストンピングを始めた。

風来はいなくなるし、雷訪は落ち込むし、白玉はキレているし、ホテル櫻葉の獣グループの一大事である。

これらの問題を解決するには、風来から直接話を聞くしかないのかもしれない。

そう考えつつ夜食を仕入れるために、ホテルの売店へ向かおうと財布片手にドアを開ける。

「見初様！　白玉様！」

「おわぁっ」

雷訪が部屋に飛び込んで来た。

「私は……私は愚かな狐でした！　あのお馬鹿でおとぼけ風来がたかが一度喧嘩した程度で、私と縁を切るような賢い狸のはずがないのに、私が勝手に焦っておりました！」

「雷訪……」

「勢いだけで生きているような風来のことです。きっと私の分まで強くなればいいと思い、何も考えずに角界に足を踏み入れたに違いないですぞ」

「ら、雷訪……」

反省しているように見えて、さりげなく風来を貶《けな》すスタイル。

けれどそれだけ雷訪に余裕が戻って来たということだろう。冬緒から聞いたところによると、かなり可哀想な状態だったそうなので見初は安心した。

「私だけがこうしてウジウジしているわけにはいきませんな！　あの風来がどこまで成長出来るか分からないので、私も強くなろうと思いますぞ！」

「ぷぅ！」

白玉がベッドから飛び降り、雷訪に駆け寄る。すっかり立ち直った様子を見て、機嫌を直したようだ。

「白玉様にも随分と迷惑をかけてしまいましたな……」

「ぷーぅ」

白玉は首を横に振った。

ホテル櫻葉獣グループが抱えていた問題の三分の二が解決した。見初が心の中でガッツポーズを決めていると、明るかったはずの雷訪の表情に翳《かげ》りが差した。今度は何だというのか。

「ですが、私どうすれば強くなれるのか分かりませんぞ……」

「肝心なところで躓《つまず》いちゃったか」

「そもそも風来は腕立て伏せ、私は木の枝で懸垂をやりたいと言い張って、それで揉めて喧嘩をしてしまったのです。けれど今にして思えば、懸垂をしても憧れの強さを手に入れられるとは思えませんな」

そもそも木の枝でやるなんて、落下の可能性があって危険すぎる。想像して見初は背筋が寒くなった。

かと言って、腕立て伏せで解消出来る悩みとも思えない。

「大体雷訪が求める強さってどんな感じなの？」

「な、何ですかな。その哲学めいた質問は」

「えーと、強さの方向性みたいなのが知りたいなって。それによってトレーニングの仕方も変わるんじゃないかな。例えば誰かに憧れてるっていうのはある？」

「ああ、それでしたら……」

答えようとした雷訪の目の前に、ぽすっと何かが落ちる。

それは見初が時折使っている鍋掴みの片方だった。白玉が台所から持って来て投げたのである。

「白玉様？」

戸惑う見初と雷訪を無視して、白玉はベッドの上に戻ると枕を壁に立てかけた。

「ぷぅっ!!!」

そして目にも留まらぬスピードで枕を殴り始めた。

「何してんですか、白玉さん⁉」

見初が白玉の奇行を止めに入ろうとする。

しかし雷訪は鍋掴みと白玉を交互に見てから、何かに気付いたのかポンと自分の掌を叩いた。

「なるほど、ボクシングですな！」

「まさか鍋掴みを投げたのは、グローブの代わりとして……？」

まあ雷訪には、大きすぎて着けられないのだが。

「ぷぅ」

白玉は枕を殴るのをやめると、雷訪に一鳴きした。

「白玉は何て言ってるの？」

「まずは五百回殴ってみなさい。話はそれからだと仰ってます」

「白玉が鬼教官になってしまった……」

ダイエットでひぃこら言いながらランニングしている見初を叱咤することの多い白玉だが、あれはまだ優しいレベルだったと判明した。

これが白玉の本気モードなのだ。

「私、一応憧れというか目標がスマートに相手を制する柳村様だったのですが、柳村様もボクシングしますかな？」

「どうかな……」

柳村を目指したい雷訪にとっては、かなり遠ざかってしまったのでは。

だが雷訪の目はキラキラと輝いていた。

「もしかしたら新たな道を見付けるチャンスかも知れません。私頑張りますぞ～！」

「ぷぅぷぅぷぅ！」

ベッドによじ登り、ぽすぽすと枕を叩き出す雷訪とそれを応援する白玉。

「私の枕ーっ！」

見初は叫ぶことしか出来なかった。

それから時間が過ぎるのはあっという間だった。

一日、三日、六日……十日。雷訪は毎晩のように見初の部屋を訪れていた。理由はただ一つ。枕を殴るためである。

白玉コーチの下、見初の枕という名のサンドバッグを殴るだけではなく、シャドーボクシングや走り込みもする毎日。トレーニングに熱中するあまり、枕を返して欲しいと言いたげな見初には気付かなかった。

「はい！　はい！　はいぃぃぃっ！」

明日は風来が帰ってくる予定なだけに、雷訪の気合いもいつもより入っていた。枕を対戦相手に見立てて、小さな拳を叩き込む。初日に比べると動きは俊敏になっており、音も重みのあるものに変わっていた。

雷訪を讃えるように、白玉は満足げに頷いた。

「ぷぷぅ」

「本当ですかな⁉　見初様やりましたぞ〜！」

「おめでとう、雷訪！」

白玉コーチから認めてもらい、大喜びの雷訪に見初も自分のことのように喜ぶ。実際、自分の枕が毎日殴られ続けているので他人事ではなかった。

「さあ見てください、このキレのあるパンチを！」

風切り音を放ちながら、雷訪が前方に拳を突き出す。見初が拍手を送りながらその様子を眺めていると、コンコンと窓を叩く音が聞こえた。

ホテルの常連客の妖怪たちが焦りの表情で、こちらを窺っている。何かを伝えたそうにしているので、見初は窓を開けた。

「みんなどうしたの？」

「大変だ！　以前人間たちに悪さをして陰陽師たちに懲らしめられた鬼たちが、そいつらのところに仕返しに行ったらしいんだ！」

「えっ⁉　その陰陽師の人たちってどこの？」

「隣の松江市の陰陽師なんだけど、名前何だったかな。どすこいする人らだって聞いたことあるけど」

どすこいする人。たった一つだけのヒントで、特定出来てしまった。

永遠子曰く陣幕家は退魔に関しては椿木家に匹敵する実力者揃いとのことだが、集団で妖怪が押し寄せて来たら流石に分が悪いのでは。

それに陣幕の下にまだ風来がいるとしたら。

「そ、それはもしや風来が弟子入りした陰陽師ではありませんか……？」

雷訪もその答えにすぐに行き着いたらしく、声を震わせている。

早く永遠子たちにもこのことを知らせなければ。そう思って部屋から出ようとした見初だったが、雷訪が動き出すのが先だった。

「こうしてはいられませんぞ！」

「あっ、雷訪⁉」

雷訪は窓から飛び出すと、そこに集まっていた妖怪たちを押しのけてどこかへ走り去っていった。

◆　◆　◆

「さあ、たぬころ。行ってみろ」

陣幕の声に従い、風来が幾度も自分を投げ飛ばしてきた式神へとゆっくりとにじり寄って行く。

初日と違うのは素早く飛びかからないこと。相手の出方を予想しつつ、少しずつ間合いを詰める。

そしてタイミングを見計らって、式神の体をがっしりと押さえ付けた。式神はすぐに反撃に出ようとするも、拘束から抜け出せずジタバタともがくことしか出来ない。

「そいやーっ！」

やがて風来は渾身の力を込めて式神を土俵の外へ押し出した。途端、観戦していた力士たちから大きな歓声が上がる。

風来が初めて式神に勝つことが出来たのだ。

「よくぞここまで成長したな、たぬころ！」

「親方ぁぁぁぁ！」

抱き合う陣幕と風来の目尻には光るものが浮かんでいた。

「お前は充分に強くなった。これで一人前の狸だ」

「親方ぁ……力士のみんなもオイラに稽古をつけてくれた式神さんもありがとう！」

風来に感謝の言葉を贈られ、土俵の隅にいた式神が嬉しそうに手を振る。

他の力士たちも風来の頭を撫でていると、若い力士が忙《せわ》しない様子で稽古場にやってきた。

「親方、みんな。うちの前に妙な奴らが集まって来たぞ」

その言葉に稽古場の空気がピリッとひりついたものに変わる。え？　ときょろきょろと周囲を見回す風来に「ホテルに帰るのはもう少しだけ待っていろ」と言い残して陣幕が稽古場を出て行く。それに続いて力士たちも。

ぽつんと一匹取り残された風来だったが、何だか心配になって結局彼らの後を追いかけることにした。

陣幕たちは全員外に出ているようだった。そっとその様子を覗き、風来は「はぎゃっ」と悲鳴を上げた。

玄関の前にずらりと並ぶ陣幕たち力士集団。全員着物を着ているとはいえ、迫力のある光景だ。

そしてそんな陣幕たちを見下ろす大柄な鬼の集団。二十体以上はいるだろう。

「何をしにきた、鬼ども。数年前の報復のつもりか?」

臆することなく陣幕が尋ねると、一際大きな体格をした鬼が黄ばんだ前歯を剥き出しにしながら高笑いをする。

「ガハハハハ! よく分かっているな、脆弱な人間め。そうだ、儂らはかつて貴様らに痛め付けられた。その時の恨み、今ここで晴らさせてもらおうぞ!」

大鬼に同調するように鬼たちは一斉に笑い始めた。

あまりの迫力に風来はガタガタと震えていた。あんな集団に暴れられたら、陣幕部屋が大変なことになってしまう。そう危惧するのだが、陣幕は呆れたように溜め息をつくだけだった。

「櫻葉家のお孫さんを攫おうと、ホテルに殴り込もうとした時から何も変わっていないようだな……」

「そんな嘗めた態度を取っていられるのも今のうちだ。この日のために集めた同志たちでお前たちを成敗してくれる! そしてその後で今度こそあの櫻葉の美女を手に入れてやるとしよう」

大鬼の言葉に風来はピクッと耳を動かした。

櫻葉の美女。恐らく永遠子のことだろう。

ホテル櫻葉が、従業員たちが危ない。そう思った途端、体の震えが止まって鬼たちへの怒りが沸き上がった。

「お前ら絶対に許さないぞーっ！」

そう叫びながら玄関を飛び出す。力士たちの足と足の隙間を通って大鬼へ駆けていく。

「何だ、この狸は……貴様らの非常食か？　不味そうだから儂らが煮込んで食ってやる」

大鬼が嘲笑しながら巨大な手で風来を捕らえようとする。だが、サッと避けられて空振りに終わるだけだった。

風来にとっては大鬼の動きは、この日まで自分の相手をしてくれた式神よりも遅い。素早く大鬼の間合いに入って毛むくじゃらの足にしがみついた。

「足にひっつくな、暑苦しい！」

風来を払い飛ばそうと、大鬼が足を軽く持ち上げる。

だが、それを狙ったかのように風来は大鬼の足を掴んだまま、体の重心を横にずらした。

「おおっ⁉」

予想外の動きで大鬼は体勢を崩し、受け身を取ることも出来ずに地面に倒れてしまった。

小さな狸相手に、いとも簡単に。その光景を目の当たりにした鬼たちがどよめく。

それとは反対に、陣幕はニヤリと笑った。

「よし、たぬころばかりに任せていないで我らも行くぞ！」

力士たちはその掛け声に「おう！」と応じると、全員でゆっくりと片足を上げた。

「どすこい!!!」

地面を思い切り踏み付ける。その気迫に鬼集団だけでなく風来も言葉を失っていると、すぐに異変が起こった。

「う、動けない、だと……？」

起き上がろうとした大鬼が中途半端な体勢のまま身動きが取れなくなる。他の鬼もその場から動けずに困惑していた。

その謎は陣幕から明かされた。

「お前たちは知らんと思うが、四股踏《しこふ》みには大地から穢れや邪《よこしま》なものを祓う力が秘められている。そら、どすこい！」

繰り返される四股踏みに、鬼たちは完全に動きを封じられていた。

いや、それどころか。

「体から……力が抜けていくぅ……」

鬼たちがみるみるうちに憔悴していく。

相撲ってすごい。四股踏みの影響を受けていない風来はそう思った。

そして頃合いを見計らったように陣幕たちは四股踏みを止めると、

「はっけよーい……のこったぁぁぁっ!」

一斉に鬼たちへ突撃していった。

「ふんっ!」

「そいやっ!」

「せいっ!」

弱った鬼たちを次々と投げ飛ばし、張り手で吹き飛ばしていく。

体格の差などものともせず、圧倒する陣幕たちに鬼の一人が抗議する。

「よ、弱ったところを攻撃するなんて卑怯だぞ!」

「ある程度弱らせておけば、我らも余計な労力を使わずに済むのでな。……このように」

陣幕が背後を振り返ると、そこには四股踏みの邪気祓いから逃れた鬼が迫っていた。

それを予測していたのか、慌てることなく意識を集中させるように瞼を閉じる。

「ぬぅん!」

気合を込めた陣幕の張り手が鬼に命中する。その直後、鬼の体が砂のように崩れて消滅していった。

「まともにやり合うとなると、お前たちは少々弱すぎる。そして我らは手加減が苦手なのだ」

陣幕が放つ鋭い眼光に、仲間が呆気なくやられる瞬間を目撃していた鬼の面々は何も言い返せなかった。あらかじめ弱らせたのは、有利な状況を作り出すためではない。無意味な殺生を避ける目的で、手加減するためだったのだと理解したからだ。

「お、親方すごいなぁ……」

戦い方こそ違えど、柳村と同じくらい強いのではと風来は感じた。

そして陣幕の活躍ぶりに気を取られているうちに、どうにか起き上がった大鬼が風来の背後に聳《そび》え立っていた。

「このままやられてたまるものか……せめて一番弱そうな狸だけでも……」

「そこのお馬鹿狸から離れなさ～～い！」

怒り混じりの声は上空から聞こえた。風来と大鬼、いやその場にいた全員が空を見上げる。

狐色の羽を広げた鳥が大鬼目がけて急降下している最中だった。

「何だ、あの鳥⁉」

「喋ったが、妖怪なのか……？」

力士も鬼も怪訝そうな反応をする中、風来だけが鳥の正体に気付いていた。

長年一緒にやってきた相棒の声だ。間違えるはずがない。

「ら、雷訪～！」

風来の叫びに応えるように鳥の体を白い煙が包み込み、下から吹き上げる風がそれを霧散させる。するとそこにいたのは鳥ではなく小柄な狐だった。

「今助けますぞ、風来！」

雷訪の拳が大鬼の顔面に叩き込まれた。落下の際の重力をも味方につけたパンチの威力に、大鬼の体がぐらつく。

しかし雷訪の攻撃はさらに続く。

「はいはいはいはいはいはいぃぃぃぃっ！」

怒涛の連打が大鬼を襲う。目にも留まらぬ速度で繰り出される攻撃に耐えきれず、大鬼は再び地面に伏してしまう。

「ぐ、ぐふぅ……」

気絶した大鬼を見下ろしながら、雷訪は荒くなった呼吸を整えていた。

「はふぅ……はふぅ……」

「雷訪～～！」

自分を呼ぶ声に振り返れば、風来が駆け寄ってきていた。腰に白い回しをつけて。

久しぶりの再会に、雷訪も疲れた体に鞭打って走り出す。

そして風来と雷訪は号泣しながら抱き合った。止めどなく流れる熱い涙が互いの毛並みを濡らす。

「うわ～ん！　酷いことを言ってごめんよ、雷訪！　助けてくれてありがとう～！」

「ひっく、わ、私こそ申し訳ありませんでした……！　無事でよかったですぞ～！」

再会を喜び合う二匹の周囲では現在進行形で鬼が投げられているのだが、本人たちは特に気にしていないようだった。

◆◆◆

こうして風来は無事にホテル櫻葉へ帰還したのだった。

「おかえり、風来！」

「ぷぅ！」

見初と白玉からは温かい言葉をかけられ。

「あら、風来ちゃんそれつけたまま帰ってきたの？　可愛いけど……」

永遠子からはうっかり外すのを忘れた回しを指差され。

「陣幕さんたちと協力して鬼集団を倒したって、お前たちすごい経験をして帰ってきたなあ……」

冬緒からは感心と呆れが混じったコメントをされた。

それから柳村のところには二匹で謝りに行った。雷訪はともかく、風来なんて十日も休んでしまったのだ。

「謝らないでください。陣幕さんのほうから、是非風来くんに稽古をつけさせて欲しいと頼まれたのですから」

「親方ぁ……」

風来が怒られないように、説明してくれていたのだ。彼に引き合わせてくれた黒電話にも、後でお礼を言わなければならない。

「でも雷訪も頑張ったたね。鳥に変身して陣幕さんのところに行ったなんて……」

夜のホールでまったりしながら、見初は雷訪が部屋の窓から飛び出していった時のことを思い返していた。あんな小さな体ではいくら走っても、陣幕家にはすぐに辿り着けないし、そもそも場所を知らないのではと心配していたのだ。

「走るよりは飛ぶほうが早いと思ったのですぞ。場所も妖怪の気配がたくさん集まっている方向を目指して行きました」

ただ闇雲に走り出したわけではなかったようだ。見初が納得していると、雷訪の横で風来が自慢げに胸を張った。

「雷訪はすごいんだよ！」

「このくらい有能でなければ、お馬鹿風来の相棒は務まりませんからな。それに私がいなかったら、あの大きな鬼にけちょんけちょんにされていましたし」

「え、えー？　そんなことないよ。オイラだって修行して強くなって、あの鬼を転ばせたんだから！」

「あなたのようなチビ狸がそんな芸当出来るわけないでしょうが！」

話の流れが変わり、見初の膝の上で微睡《まどろ》んでいた白玉が険しい顔付きになる。

「オイラは十日も頑張って強くなったんだもん！」

「私だって白玉様に鍛えてもらいましたぞ！　鬼を殴り倒したのが何よりの証拠！　少なくとも風来よりは強いはずですぞ！」

「そんなことないやい！　オイラのほうが強い！」

「いーえ、私ですな！」

どちらが強いか議論が始まった。

これには白玉もお怒りと思いきや、見初の膝から下りてホールから出て行ってしまう。

その白い背中が「勝手にやってな」と語っていた。

ついに白玉に匙を投げられたとも知らず、二匹の喧嘩は激しさを増していく。

「だったらオイラと雷訪、どっちが強いか勝負だ！」

「望むところですぞ！　白玉様から伝授されたパンチを披露しましょう！」

「親方から教わった張り手を喰らわせてやるー！」

「行きますぞ～！」

「かかってこーい！」

ついに狸VS狐の戦いのゴングが鳴った――と思いきや。

「はいはい」

見初に二匹纏めて捕獲される。抵抗する暇など一切与えられずに。


「やっぱりオイラたち、どんなに強くなっても見初姐さんには敵わなくない？」

「見初様に捕まった瞬間の無力感はすごかったですなぁ」

自分たちの部屋に戻り、雷訪が買ってきた出雲三昧を食べながら二匹は語り合っていた。

「でっかい鬼に比べて全然見初姐さんの動きが見えなかったよ」

「やはり見初様は相当な場数を踏んでいる猛者《もさ》なのですなぁ」

「ねぇねぇ、黒電話。どうすれば見初姐さんみたいになれるかな？」

風来に話を振られ、黒電話は「少々お待ちください」と答えて暫し沈黙した。先日はこの後で電話が鳴り出したのだが。

「本日は定休日なので、お悩み相談は受け付けていません」

「無理なら無理って言っていいんだよ。オイラたち怒んないよ」

「ワタシのプライドの問題です」

「私たち相手にそんなの守る必要はないと思いますぞ」

こうして彼らの夜は更けていく。

第五話　グッバイ・レイニーフレンド

私の愛しくて可愛い子。

私譲りの真っ白な毛並みと小さな耳。私も生まれたばかりの頃は、このような姿をしていたのだろうか。

数百年、いや千年以上も生きていると、自分を産んでくれた母の記憶も薄れ始める。それは少し寂しいことだけれど、母に注がれた愛情の温かさは今も覚えている。

だからこそ、我が子にも同じものを与えたい。

「ああ、毛が乱れていますね。こちらにいらっしゃい」

「ぷぅ！」

素直に来てくれた我が子の頭を舐めて毛繕いをすると、ぷぅぷぅと文句を言われる。草原を走り回っている最中に呼ばれたので、早く終わらせて欲しいようだ。そんな不満げな姿ですら可愛いと感じるのは親心というもの。

あの心優しき陰陽師の少年にも、この子を見せてあげたい。彼ならきっと喜んでくれるだろうから。

「はい。綺麗になりましたよ。さあ、遊んでいらっしゃい」

「ぷ……」

「どうしました？」

どうやら毛繕いが終わるのを待っているうちに、眠くなってしまったようだ。私にぴったりと寄り添って目を閉じると、すぐに寝息を立て始める。

「……おやすみなさい。いい夢を見られますように」

私の愛しくて可愛い子。

今はこんなに小さくても、遠い未来で立派な妖怪になるだろう。

人間と敵対することになるのか、或いは人間と共存することになるのか私には分からないし、どちらかを強制するつもりもない。大事なのは、この子自身が心から望む路を歩くことなのだ。

そして、いつか守るべき子供が出来た時は、目一杯慈しんで愛して欲しい。

そう思うのは私のわがままだろうか。

冬緒《ふゆお》、あなたはどう思う？

水滴が窓ガラスに散らばっている。耳を澄ませば微かに聞こえるザァー……という水の音。

『恵みの雨』という言葉があるように、地上のあらゆる生物にとって雨はなくてはならない重要な生命線だ。

それでも三日連続降り続けるとなると、流石に「もういいだろ」とうんざりした気分にもなってくる。

しかも朝起きた瞬間から、外から雨音が聞こえるわけで。

今年もやってきた梅雨の時季だが、例年に比べて見初《みそめ》のテンションはだだ下がりの一途を辿っていた。

「ま、また今日も一日中雨なのかな……」

窓の向こうに広がる雨模様に、見初はがっくりと肩を落とす。

お願いだから夜には止んでくださいとお祈りのポーズをすると、隣で白玉《しらたま》も真似をしてくれる。

一人と一匹だけじゃ祈りの力が足りないと思うので、ティッシュと輪ゴムと黒ペンで手早くてるてる坊主を数体生み出す。それをカーテンレールにぶら下げていると、玄関からノック音がした。作業を中断してドアを開けると、

「おはよう見初ちゃん。ご飯の前に、伝えておきたいことがあって……今大丈夫かしら?」

「おはようございます永遠子《とわこ》さん。大丈夫ですよー」

「ありがと。実は昨日の夜、明後日にチェックイン予定のお客様から電話があったみたい

なの。お客様のほうでちょっと予定変更があって、荷物だけ先にホテルに送っておいたってことなんだけど……」

送りたいのではなく、送っておいたと事後報告。大きな支障はないと言えども、先に連絡が欲しかったと思うのだが、そんな余裕もないくらい多忙だったのだろうと見初は自分を納得させた。

「分かりました。じゃあ、お荷物が届いたら客室に運んでおきます」

「よろしくね。……それで見初ちゃん、あのいっぱいぶら下がってるのは何？」

永遠子の視線は、窓の上部にずらりと並べられたてるてる坊主に向けられていた。その数、十体を超える。

何としてでも雨が止んで欲しい。そんな見初の強い思いがひしひしと伝わってくる。

「はい！　夜までに雨が止みますようにって願いを込めていまして！」

「夜までに？　何かあるの？」

「何と今夜は！」

「今夜は？」

「……椿木《つばき》さんとのデートの日なんです」

そこのくだりだけ声が小さくなってしまったのは照れによるものだ。見初の頬がうっすらと紅潮しているのがその証拠である。

　冬緒と気持ちが通じ合って両想いになったのはいいが、職場恋愛というのは結構大変だ。二人とも同じ仕事内容なので、片方が非番日の時はもう片方がその分をカバーすることになる。

　二人が同時に休める日はほぼ皆無。つまり昼間に二人で出かける日が作れない。

　なので必然的に仕事が終わった後の夜が、共通の自由時間となる。これまでに何回か、デートという名の夜のお散歩を楽しんでいるのだけれど。

「みんなで今年一番の大雨だねって言ってた日があったじゃないですか。実はあの日も出かけたんですよ……」

「えっ、あんなに酷い天気だったのに外に出たの⁉」

「あれはちょっと後悔しました」

　としょんぼり顔で見初は溜め息をついた。

　一応二人とも傘を持参していたのだが、横殴りの雨の前では無力である。外出してから僅か十分でずぶ濡れとなった。

　傘差せど　雨が冷たい　濡れ鼠《ねずみ》。そんな雑な一句が誕生した夜でもあった。

「だから出来るだけ万全な状態で、デートを楽しみたいと言いますか……」

「気持ちは分かるけど、どうしてあの暴風雨の中でデートを決行しちゃったの？　次の日とかに延期すればよかったじゃない」

流石の永遠子も半ば呆れている。しかし見初とて譲れぬ事情があったのだ。

「あの日って夕方までは天気よかったじゃないですか。だから雨が降り出した時に椿木さんがすごいがっかりしてるのを見て、とても今日はやめましょうって言えなくて」

一日中楽しみにしていたのだろう。いつもより張り切って仕事をしていた冬緒のことを思うと、雨如きで中止なんて言いたくなかったのだ。あれが所謂《いわゆる》惚れた弱みというものか。

多少無理をしても冬緒の笑顔を守りたかった。

「だから二回連続で雨に降られるのは、ちょっと……すごく困るんです！」

「……驚いた」

見初に思いの丈を打ち明けられた永遠子が意外そうな声を出す。

「見初ちゃん、冬ちゃんと恋人になっても以前とあまり変わらないと思ったら、実はかなり冬ちゃんのこと考えてるのねぇ……」

「つ、椿木さんに重いって煙たがられますかね？」

年単位で自分を好きでいてくれた冬緒に、今までの分も込めて想いをお返ししたいだけなのだが、少し過剰すぎただろうか。

自信を失くしてしまって目を伏せていると、永遠子がハッとした顔で「ち、違うの！違うのよ！」と激しく首を横に振った。

「見初ちゃんがそういうのに積極的じゃないと思っていただけだから！　全然重くないか

ら大丈夫よ！　驚きの軽さ！」

「は、はぁ」

鬼気迫る表情で否定されて、見初は思わず後ずさりした。見初は気付いていないが、この時永遠子も必死だったのだ。自分のせいで二人の関係に亀裂が走ったら大変、と。

「それに仮に見初ちゃんの気持ちが重かったとしても、冬ちゃんなら支えてくれるわよ。あの子、意外と力持ちなんだから」

「はい！」

永遠子の柔らかな言葉に見初が元気を取り戻したところで、グギュウウウと謎の音がした。

「ぷぅ」

腹減ったと言いたげな顔をした白玉からだった。

◆　◆　◆

てるてる坊主が効力を発揮したからか、一日中続くと思われた雨は夕方になると弱まり、空が黒く染まった頃にはすっかり止んでいた。

「やった〜！」

「ぷぅ〜！」

「すごい喜びようだな……」

小躍りする勢いの見初と白玉の様子に、冬緒は少し驚いていた。が、すぐに目を細めて気恥ずかしそうに微笑んだ。

「……そんなに出かけるの、楽しみにしてたんだな」

「はい、とっても！」

ここで否定する理由なんてないので素直に答えると、冬緒が目を見開いてきょろきょろと視線を彷徨《さまよ》わせ始める。

「な、なあ、今夜はその……白玉も一緒について来てもらっていいか？」

「ぷぅ？」

何で？　と白玉がコテンと首を傾げた。

「もちろん時町《ときまち》と白玉が嫌なら、無理にとは言わないけど」

「嫌なわけないじゃないですか。ねえ白玉」

「ぷぅ～」

白玉も行く気満々だ。元気に飛び跳ねるのを見て、冬緒は安堵したように吐息を漏らした。そして何かを決心したような表情でぐっと拳を握った。

天気予報でアナウンサーが言っていたのだ。今夜はもう雨は降らないと。

だから傘は持って行かなくていいかという話になり、見初も冬緒もスマホと財布だけ持って夜の出雲に出てきたのだが。

「あ、雨だーッ！」

「ぷぁぁぁーッ！」

「時町、あそこに避難するぞ！」

突然の土砂降りが見初たちを襲う。そんな、どうしてと裏切られた気持ちになりながら、シャッターが閉まった店の軒下に逃げ込む。

今回は傘すら持って来ていないのだが、幸いなことに風は吹いていないので屋根のある場所にいれば、ひとまず安心だ。白玉も見初が抱き込んでいたため、耳の先っぽが濡れた程度の被害で済んでいる。

「通り雨だといいんですけど。せめて折りたたみ傘くらい持って来ればよかったかも」

自然の力というのは強大かつ気まぐれである。たとえどれだけ人間の科学技術が進歩しようとも、天候を必ずしも完璧に予測出来るわけではないのだ。なので天気予報を恨んではいけないと、何度も心の中で唱える。

冬緒から何の言葉も返って来ないので、視線を向けると彼は強張った顔つきをしていた。雨が止んだと油断して外出したことを後悔しているのだろうか。

不安になって見初も表情を暗くしていると、「時町」と硬い声で呼ばれた。

返事はしたものの、気まずくて彼の顔を再度見ることなんて出来なかった。

「……はい」

「お前に聞きたいことがあるんだ」

「えっと……何でしょうか」

「その、もしかしたらお前は嫌がるかもしれないけど……」

言い淀む冬緒に、見初はますます不安を煽られる。

嫌がるかもしれない。その言葉が意味することなんて限られている。

もしかして、こうして夜に出かけるのをやめようかと提案されたら——。

「もしお前がよければ……」

「……………」

「UFOだ」

「はい、UFOです……はい？」

焦りと悲しみでうっかりそのまま受け流してしまった。何故この流れで未確認飛行物体が登場するのか。以前、月の住人が地球を訪れたことがあったが。

冬緒は戸惑いの表情で上空を見上げており、見初も同じように空を見てみる。

空が雨雲に覆われて月は見えない。その代わり、謎の光球がどしゃ降りの中を飛行しているではないか。それも直線ではなく、ジグザグ運転。まさにUFOによく見られるような不規則な動きだ。

この決定的な瞬間を早く撮らないと。そう思い、見初が一旦白玉を地面に降ろしてスマホを取り出そうとした時だった。

光球の一部が分離して地上へと落下していく。

「……ん？　こっちに落ちてきてないか？」

「うわーっ、私が写真を撮ろうとしたから乗組員さんが怒っちゃったのかも……！」

「落ち着け、時町！　まずはＮＡＳＡに通報して……何番だ？」

「ダメだ椿木さんがパニック起こしてる！」

ＵＦＯからの贈り物が迫ってきているのだ。無理もない。

そして本体から切り離された光は、思わぬ場所に着地した。

「ぷぅ⁉」

白玉の頭の上だった。

「白玉ぁぁぁっ‼」

雨夜に響く見初と冬緒の絶叫。

あの光の正体は何かとてつもなく危ないチップで、それを白玉に埋め込まれたとしたら。

「白玉大丈夫？　私たちの名前分かる⁉　言ってみて！」

「ぷ、ぷぷぅ……」

「どうしよう、椿木さん。白玉がぷぅしか言えなくなっちゃいましたよ！」

「白玉いつもこうだろ！　……というより、何だこれ」

「え？」

白玉の頭上の光は既に消えており、光球から分離されたものの正体が露《あらわ》になっていた。

「キュ……」

仔兎である白玉の頭に乗れるような小さなネズミだった。

全体的に丸みがあるボディと、小麦色の毛並み。ネズミはネズミでも向日葵《ひまわり》の種が大好きで、回し車で無限マラソンを嗜《たしな》む種類に近い見た目だ。

だがハムの星《スター》ではないのは自明の理だった。

よく目を凝らして見ると、頭の上に無色透明の花が咲いているのだ。

ＵＦＯの乗組員にしては可愛い見た目をしている。見初がキュウキュウ鳴いているネズミに見入っていると、冬緒は心当たりがあるのか、目を見開いた。

「まさか雨月《あまつき》ネズミ……？」

「珍しい種類のネズミなんですか？」

「梅雨の時季、それも大雨が降っている夜にだけ活動して、それ以外は雲に包《くる》まって寝ているとされる妖怪だ。出現条件がかなり限られているから、人間だけじゃなくて神ですら滅多に見ることが出来ないみたいだな」

「え？　妖怪？　あの電光石火してた光の玉がですか？」

どこかの星からやってきた異星人、と言われたほうがまだ信憑性がある。

「雨月ネズミには発光能力があって、それで仲間や親兄弟を探したり意思疎通をしたりするそうだ。……白玉の頭の上にいるのは、その子供だと思う」

「キュ……」

仔ネズミは見初と冬緒を交互に見たあと、白玉の頭の上で体を丸めて動かなくなった。その色合いもあって、まるで鏡餅のてっぺんに乗っかった蜜柑のようである。

どうしよう、この子。そんな悩みに見初たちが直面する中、篠突く雨はいつの間にか止んでいた。

◆◆◆

「キュウ〜、キュキュキュ」

「何ですと？　まさかそんな理由で……」

「キュウ……」

「あ〜！　雷訪《らいほう》がそんなこと言うから落ち込んじゃったじゃん！」

寮に連れ帰った仔ネズミは、妖怪の言語が分かる風来《ふうらい》と雷訪に事情を話していた。それも白玉の頭上に乗ったまま。

しかし雷訪に呆れられ、凹んでしまった模様。

「どうして一匹だけはぐれたのか、分かったのか？」

「それがですなぁ。どうも母親に怒られて怖くなってしまい、自分から離れてしまったそうです」

雷訪は冬緒の質問に困った物言いで答えた。

怒られて怖くなって、わざと親からはぐれた。人間の子供でもありそうな事案である。

「キュ～」

仔ネズミは心なしか悲しそうな顔で、弱々しく鳴き声を発した。

「でも、そのせいでお母さんに嫌われたんじゃないかって言ってるよ。このまま迎えに来てくれないんじゃないかって……」

「そ、そんなことないよ！　きっとそのうち、来てくれるって！」

仔ネズミを励ますため、見初は努めて明るい声を出した。

見初と冬緒もすぐにはぐれた子供を拾いに母親が戻ってくると思い、暫く軒下で待っていたのだ。しかしあの光球がまた姿を見せることはなく、仔ネズミを置き去りにすれば他の妖怪に狙われる恐れがあったので、こうして連れ帰ってきたのだが。

「キュウ……」

「まずは美味しいものを食べて元気だそうな」

そう言いながら、冬緒が仔ネズミに小さく切った人参を差し出す。雨月ネズミは植物や野菜、果実を食べるそうだ。それを知った冬緒が用意したのである。

「キュ？」

「ほら、美味しいぞ〜甘いぞ〜」

「……キュッ」

仔ネズミは口元に向けられた人参から顔を逸らすと、体をボールのように丸めてコロコロと白玉の頭から転がり下りた。

そして素早く白玉の後ろに隠れてしまった。

「そ、そんな……！」

人参で仔ネズミのハートを掴むはずが、まさかの拒絶。冬緒はその場に崩れ落ちた。

「フラれてしまいましたなぁ」

「だってこんなに小さいんだもん。今日出会ったばかりのでっかい人間に、ご飯食べろって言われても怖いって」

同じ獣系妖怪だからか。毛玉二匹は仔ネズミの気持ちがよく分かっているようだった。

「そ、そうだな。怖がらせたかも」

「ぷぅ……」

反省する冬緒を見上げ、白玉は自分の後ろに身を潜めた仔ネズミに視線を向けた。それから「ぷぅ」と冬緒に何かを要求する。

「白玉様がその人参をちょうだいと強請《ねだ》っております」

「まあ、雨月ネズミも今は食べてくれないみたいだし、いいか……」

冬緒が人参を差し出すと、白玉は両前脚を使ってそれを器用にキャッチ。くるりと後ろへ振り返って仔ネズミの前に人参を置いた。

「ぷぅ！」

「キュ！」

仔ネズミは人参を拾うと、小さな口で齧《かじ》り始めた。お腹が空いていたのか、ペースが早い。

それを見ていた見初が口を開く。

「白玉に一番懐いている……？」

「白玉様、ちっちゃいから怖くないのかも。あと毛がふわふわして気持ちいいんじゃない？」

確かにホテル櫻葉《さくらば》の中で一番小さいのは白玉だ。風来と雷訪にもそれなりに気を許してはいるようだが、白玉の頭に着地してからずっとぴったりとくっついたままだった。

「ぷぅ、ぷぷぅ」

「白玉は何て言ってるんだ？」

「雨月ネズミに『いっぱい食べて大きくなるんだよ』と言っていますな」

どうやら白玉も満更ではないらしい。仔ネズミの食事風景をじっと見守っている。母性、或いは父性本能というものが芽生えようとしているのかもしれない。

◆　◆　◆

雨月ネズミの子供を保護した夜から数日。

それ以前は夜でもお構いなしで降っていた雨が降らない日が続き、そのことは見初たちの頭を悩ませていた。

雨月ネズミが活動するのは大雨が降る夜のみ。これでは仔ネズミの母親が現れないではないかと、雲一つない満天を睨みつける。降って欲しくない日に降って、降って欲しい時に快晴とはちょっと納得がいかない。

「ぷぅ！　ぷぅぷぅぷぷぅ〜！」

「キュ……プキュッ！」

仔ネズミは相変わらず白玉の傍にいる。共にロビーのデスクで見初たちの仕事ぶりを見守りつつ、白玉の鳴き真似を特訓するも成果は見られないようだ。

「可愛いですね……」

「ああ、可愛い。どっちも可愛い」

「ずっと見ていたくなっちゃうわね」

見初たちロビー組は、白玉たちの可愛さに癒されていた。仕事に集中しなければと思っていても、そちらへついつい目がいってしまう。

常連客の妖怪たちも二匹に気付くと、物珍しそうに視線を向けている。

「どっちも丸々太ってて美味し……冗談だ！　冗談だよ！」

たまにこんな不穏なコメントをする妖怪もいるので油断ならない。


「小さくて丸くてふわふわぁ～……私、初めて雨月ネズミ見ましたけれど、こんなに可愛いんですね」

「キュウ～」

柚枝《ゆえ》の小さな掌の中で、仔ネズミが美味しそうに齧っているのは向日葵の種だ。その様子を間近で見守る獣が二匹。

「柚っちゃんが育てた向日葵の種って美味しいもんね～」

「カリッと揚げてから砂糖をまぶすと悪魔的な美味しさになりますが、このまま食べても天使的な味ですからなぁ～」

「キュウ？」

しまりのない顔をしている風来と雷訪に、仔ネズミが「どうしたの？」と不思議そうに首を傾げる。その仕草すら可愛くて、柚枝は感動でプルプルと体を震わせていた。

みんなが集まる食事時になれば、あのような癒し空間が形成される。やや離れた場所でそれを眺めていた見初は胸を温かくさせていたが、その一方で隣で悲壮感を漂わせる男に同情もしていた。

「椿木さんドンマイ」

「いや、俺は別に気にしてないから……」

そう言うわりには、この世のあらゆる不幸を背負ったような顔で冬緒は煮物を食べていた。

柚枝の掌を満喫する仔ネズミを観察しようとして、鼻の頭に噛み付かれたダメージが大きかったらしい。

冬緒の名誉のために説明すると、風来たちのように至近距離で眺めようとしたわけではない。二メートルほど距離を取っていた。

だが冬緒のあまりの熱視線に驚いた仔ネズミは「キュギッ！」と短く鳴くと、瞬時に冬緒の顔面へと跳び跳ねて強襲した。そして素早く柚枝の掌に帰還する。所要時間僅か数秒。ネズミというよりヨーヨーみたいな動きをしていた。

「椿木さん、今日の煮物で何が一番好きですか？」

「椎茸……」

「じゃあ、私の椎茸全部あげますから元気出してください」

「ありがとう時町……」

生椎茸に比べて干し椎茸は旨みが増している。見初も大好きなのだが、傷心の冬緒のために自分の分をすべて彼の皿に移した。

冬緒の心の傷を癒そうとするのは見初だけではない。

「ぷぅ〜ぷぅ〜」

白玉が冬緒の足に顔を擦り付けて甘えていた。その可愛さに冬緒からも笑みが零れる。

「白玉も俺を慰めてくれるんだな。ありがとうな」

「ぷぅ！」

アニマルセラピーの力は偉大。

だが冬緒が元気になったのを見届けると、白玉は柚枝たちのところへ行ってしまった。

すると仔ネズミも白玉に気付いて、柚枝の掌から白玉の頭目掛けてダイブ。見事着地した。

花より団子ならぬ向日葵の種より白玉。

◆　◆　◆

白玉が忙《せわ》しなく鼻をぴすぴすさせながら、仕事中の見初をじっと見詰めている。白玉にとって一日で一番楽しみな時間。おやつタイムの到来である。

「……ネズミさんもパパイヤ食べるかな？」

見初はデスクの引き出しから乾燥パパイヤが入った袋を取り出した。近頃白玉がハマっているおやつだ。

「はい、白玉。ネズミさんのお世話頑張ってるから、ご褒美にちょっと多めだよ」

「ぷぅ～！」

「ネズミさんも……」

「キュ！」

小さく千切ったパパイヤを仔ネズミにもあげようとするが、すぐに白玉の体の下に潜り込んでしまった。

容赦ない拒絶ぶりに、見初は「ぐぅ」と呻いた。仔ネズミも怯えているのは分かるのだが、これは地味に辛い。同じ痛みを味わった者として、冬緒が干しパパイヤを持ったまま固まる見初の肩を無言で叩いた。

仔ネズミを保護してから十日経つのだが、懐く気配がまったく見られない。やっぱり無理か……と諦めかけていたその時。

「ぷぅ」

白玉がその場から移動して、仔ネズミから離れた。

「ぷぷぅ」

「キュ？」

白玉に何を言われたのか、仔ネズミが見初を見上げる。

「ぷぅ……ぷぷぅ！」

「キュウ……」

仔ネズミが見初へトコトコと歩み寄る。

どうやら白玉が見初たちは危険ではないと説明してくれたらしい。見初が干しパパイヤを仔ネズミに近付けると、今度は恐る恐るではあるが受け取ってくれた。

「キュ……キュッ⁉」

一口齧ってその美味しさを知ったのか、一心不乱にパパイヤを食べ進めていく。

「食べた……ネズミさんが食べた！」

「やったな、時町……！」

アルプスを題材にしたアニメで友人が立つことが出来て喜ぶ主人公ばりにはしゃぐ見初に、冬緒も祝福の言葉をかける。

「白玉もありがとう」

「ぷぅ！」

お礼の言葉もいいけれど、おやつのおかわりもね。そう言うように白玉が背伸びをして鼻をひくひくと動かす。

それとこれとでは話が別だ。

あまり与えすぎると、体重的な意味で白玉が鏡餅になる。ここは心を鬼にしてパパイヤの袋を引き出しに戻そうとしていると、不思議なものを見た。

仔ネズミの頭に咲いていた花が真っ白に染まっていたのだ。朝までは透明だったのに。

「パ、パパイヤをあげたせいで⁉」

「それはあり得ないだろ！　可能性があるとしたら……カビが生えたとか」

「カビ⁉」

それこそあり得ないのでは。冬緒の推理に見初はぎょっとした。

「だって今は梅雨でジメジメしてるからカビの一つや二つ生えるだろ……」

「な、なるほど……？」

いずれにせよ変な病気に罹《かか》らせてしまったら、この子の母親に合わせる顔がない。見初は青ざめながら仔ネズミを掌に載せて、総支配人の執務室に駆け込んだ。

「おや、雨月ネズミというだけで珍しいのに、これは本当にすごいですね」

緊張で硬直する仔ネズミを観察しながら柳村《やなむら》が言う。

「雨月ネズミの子はある程度成長すると、頭に咲いた花が色付きます。花びらの色は青や紫などの寒色系が殆どで、このような白色はかなり珍しいです」

「私がパパイヤを食べさせたせいとか、カビとかではない……？」

「ふふふ」

笑われてしまった。

けれど仔ネズミの健康に影響はないとのことなので、見初はほっと胸を撫で下ろした。

と、見初が急いで入って来て半開きのままだったドアから白い塊が飛び込んで来た。

「ぷぅ～～！」

「白玉？」

「ぷぅ～～！」

「雨月ネズミに何かあったと思い、心配になって様子を見に来たようですね」

何て面倒見のいい兎なのだろうか。見初は硬直中の仔ネズミを、白玉の頭にそっと乗せてあげた。

「はい、白玉。ネズミさんのお花のことで心配になって、柳村さんに相談してたの。もう大丈夫だよ」

「ぷぅ！」

「キュ……キュウ」

仔ネズミも安心したようで、真っ白な頭の上で寝そべっている。

「はっきりしたことは言えませんが、花が白く染まった要因は白玉さんの可能性もありますね」

「し、白玉の？」

「全国に百人ほどいらっしゃる雨月ネズミ研究者に聞けば、何か分かるかもしれません」

そんな研究者が全国に百人。多いのか少ないのか見初には分からなかった。けれど、もし白玉と一緒にいることで花が白くなったのなら、お揃いみたいで可愛い。

また癒しポイントが増えたと和んでいた見初だったが、柳村はどこか寂しげに微笑んでいた。

「ご心配おかけしましたね、白玉さん。もう戻っていいですよ」

「ぷぅ！」

仔ネズミを乗せたまま白玉が元気に執務室から出て行く。見初もそれに続こうとすると、

「時町さんには少し大事なお話があります」と柳村に呼び止められた。

「雨月ネズミのことです。……雨月ネズミをいつまでも人間たちが保護することは出来ません。彼らは梅雨の時季が過ぎれば、次の年までずっと雲の上で眠り続けます。……ですが、それを無視していつまでも地上に留まれば、たちまち衰弱して消滅すると言われています」

「消滅……ですか」

「はい。なので次に雨が降る夜に、あの子を何としてでも母親の下に帰さなければなりま

せん。母親も我が子を探し出そうとするはずです。……そうすれば、二度とこの地に戻ってくることはないでしょう」

つまり、仔ネズミにはもう会えない。

出会いと別れは表裏一体だ。ホテルでベルガールとして多くの客を見送り、多くの妖怪や神と関わってきた見初にはそれがよく理解出来る。

だが白玉はどうだろう。ホテル櫻葉で誰よりも仔ネズミを可愛がり、面倒を見ている白玉が別れの時が訪れると気付いていないとしたら。

「先に白玉さんにこのことを伝えておいたとしても、別れの悲しみを消し去ることは出来ないでしょう。それでも、知っておくべきだと思います」

「そう……ですね」

仔ネズミが母親のところへ戻った後の白玉の気持ちを深く考えていなかった。見初はそんな自分が腹立たしく思えた。

だが、いつどんなタイミングでどのように言えばいいのだろう。ロビーに戻ると、白玉はデスクの上でぐてんと横になって昼寝をしており、その横で仔ネズミも安心しきった寝顔を晒していた。今はその光景を見ていると、胸の奥が痛くなる。

「時町どうした？　顔色が悪いぞ」

余程酷い顔をしていたのか、冬緒が案じるように声をかけてきた。

……相談してもいいだろうか。見初は仕事が終わってから冬緒の部屋を訪れ、柳村からの忠言について打ち明けた。白玉にどうやって説明すればいいか迷っていることも。

冬緒は終始真剣な表情で見初の言葉に耳を傾けていた。

そして見初が全てを語り終えたところで、ゆっくりと口を動かし始める。

「……それ、俺に任せてくれないか？」

「え？」

「白玉に雨月ネズミともうすぐ離れ離れになるって話、俺が言うよ」

泰然とした、椿木紅耶《こうや》と対峙した時のような声音だった。

だが見初はその言葉に甘えたくはなかった。それでは彼だけに重荷を背負わせてしまうし、こんなことを頼むために話したわけではない。

「そんなのダメですよ。私が白玉に言うって決めてるんですから」

「白玉と雨月ネズミの子供との距離が近すぎるとは思っていたんだ。それを放っておいた俺にも責任はある。それに時町が自分の言葉で傷付くのも見たくない」

「椿木さん……でも」

「自分の代わりにとかそんな風に思わなくていいからな。これは俺がそうしたいだけなんだから」

そう言われても、嫌な役目を冬緒に押し付けることになってしまった罪悪感を拭うことは出来ない。冬緒を大切にしようと思っていたのに、逆に苦労をかけてしまうとは。

「だ、だからそろそろ夕飯食べに行こう。な？」

「はい……」

「今晩はうずめ飯だって桃山《ももやま》さんが言ってたぞ」

「うずめご飯！」

見初はその料理名に素早く反応した。

島根県の郷土料理で、日本五大名飯にも数えられる大御所である。

見た目はただ白米の上に山葵《わさび》を載せただけのお茶漬けのように見えるのだが、実はその下には豆腐や野菜、肉や魚など様々な具材が潜んでいる。

白米の下に具を埋めることから、この名がついたらしい。一説によると、贅沢な食事をしていると知られるのを防ぐために生まれた食べ方とのこと。

白米を掻き分けるまで具材が何か分からない、宝箱を開けるようなワクワク感。味も山葵の風味がアクセントになっており、何杯でもおかわりしてしまいそうな絶品料理なのだ。

それが今晩登場するとあって、沈んでいた気持ちがゆっくりと浮上していく。それにいつまでも落ち込んでいては、自分のために決断してくれた冬緒にもっと迷惑をかけてしまう。

「早く食べに行きますよ、椿木さん！」

ここは一時でも悩みを忘れて、夕食を楽しもう。見初は自分にそう言い聞かせた。

流石に三杯は食べすぎなのでは？

見初は腹を擦りながら、夕飯前より重くなった体で廊下を歩いていた。

牛肉と牛蒡のしぐれ煮風の具は反則だ。出汁との相性がぴったりで、山葵のツンとした辛みが食欲を促進させる。

なんて恐ろしい料理だと思いながら部屋に入ると、先に戻っていた白玉と仔ネズミが窓をじっと見詰めていた。

墨色の空に星々が鏤《ちりば》められ、青白い光を放ちながら地上を見下ろす月はどこも欠けていない。今晩は満月だ。

「綺麗だねー」

「ぷぅ！」

白玉が鳴きながら何度も跳ねる。こういう時の白玉は何かをねだっているのだ。

「ぷぅ！　ぷぅ！」

「キュウゥゥ……」

「どうどう白玉。ネズミさんが落ちちゃう」

仔ネズミは必死で白玉の耳にしがみついていた。

さてこの流れで、白玉が何を望んでいるかというと。

「白玉さん、もしかして外に出たいの？」

「ぷぅ！」

「そうだね……今日は晴れてるし、私も食後の運動がしたいから行こうか」

白玉にはまだ大事なことを伝えられずにいる。なのにこうして仔ネズミとの楽しい時間を作ってあげるのは、酷いことなのかもしれない。

それでも白玉の気持ちを無視することはしたくなかった。

◆　◆　◆

「冬ちゃん？　こんな時間までここにいるなんて珍しいわね」

夕食から二時間後。永遠子がホールを通りかかると、一人テーブルに頬杖をつきながら黄昏《たそが》れる冬緒の姿があった。

「部屋の中だと上手く考えられないから、広いところで考え事がしたかったんだ」

永遠子に声をかけられ、冬緒は苦笑した。

「何かあったの？　椿木家？　それとも見初ちゃんのこと？」

「どっちでもない。ただそんな難しいことでもないから、永遠子さんは気にしないでくれ」

「……そう？」

何年もともに働いて生活をしているのだ。冬緒が何かを隠していることくらいすぐに分かった。

彼がそれを言うつもりがないのなら、永遠子も無理に詮索しようとは思わない。

けれど大切な仲間が困っているのなら放ってもおきたくはない。

「自分一人じゃどうしようもない時は、私でも柳村さんでもいいから頼ってね。一緒に考えてあげるわ」

「ありがとう。でもこの件は俺が自分で考えなくちゃいけないんだ」

さりげなく出した助け船も、やんわりと拒絶されてしまった。決して追い詰められているような表情ではないが、心配なことに変わりはない。

見初とは関係がないのなら、あちらにも相談してみようかと永遠子が考えていると、ザァァアーーと外からの激しい水音が思考を一瞬で掻き消した。

窓を見ると、硝子を激しく叩き付ける雨粒が滝のように流れ落ちてゆく。空にいた星と月もすっかり雲隠れしてしまい、美しい星月夜が台無しだ。

「あらら、すごい雨ね……あんなに晴れていたのに」

「……大雨？」

冬緒の疑問のこもった声が、ノイズ音にも似た激しい雨音に潰されそうになる。

「じゃあ、この雨はまさか――」

「ヤバいヤバいヤバい！」

海帆《みほ》の雨音に負けないくらいの大声量がホールに響き渡った。横では天樹《あまき》が焦燥感を滲ませた顔をしている。

「寮の前に巨大なネズミの妖怪がいるんだけど⁉」

「やっぱりか……」

冬緒は合点がいった様子で言葉を漏らした。それを聞き取った天樹が「椿木くん、何か知ってるの？」と尋ねる。

「この前、雨月ネズミの子供をうちで預かっただろ？　多分外にいるのはその母親で間違いないと思う。それとこの大雨も雨月ネズミのせいだ」

「えっ、ネズミが雨を降らせてんの⁉」

雨の音に負けじと、叫ぶように質問する海帆に冬緒は頷いた。

「雨月ネズミは極限まで感情が昂ると、晴れている夜でも大雨を降らせて地上に現れるって聞いたことがある。……今、母親が怒っている理由なんて一つしかないだろ」

「自分の子供か。ネズミの子供って白玉の傍にいるんだよね？　早く時町さんにも教えて、子供を返してあげないと……」

「あ、それすぐには無理かも」

乾いた笑みを口元に貼り付けた海帆が言う。

「見初なら、雨が降り出す前に白玉とハムスター連れて散歩しに行ったんだよ、な……」

最後のほうは声が小さくなっていた。

この雨だ。見初ご一行がどこかで雨宿りしている可能性は充分に考えられる。

海帆の目撃証言を聞いた永遠子たちは、無言で天井を仰ぎ見た。ただ天井にどうすればいいのか、適切なアドバイスなど書いてあるはずもないので、すぐさま外へ向かう。

そこには既に風来と雷訪、火々知《かがち》に柚枝といった妖怪組が集まり、数メートル前方にいる雨の客人に説得を試みていた。

「お、お、落ち着いてぇ！」

「あなたのお子さんは無事ですぞ～！」

「わ、私の向日葵の種も美味しそうに食べて、元気そうでした！」

「寮に突進して破壊しようと言うのなら、吾輩も黙ってはおらん。冷静さを取り戻して、時町たちが子供を連れて帰るのを待て」

だがそんな切望の声を聞き入れるどころか、全身の毛を逆立てて目の前にいる妖怪たちを刺し貫かんばかりに睨みつけていた。

見初たちが保護した子供と同じように、頭に花を咲かせた雨月ネズミだ。子供とは違い、花は青紫色で、淡い灰色の毛並みは雨水を含んでぐっしょりと濡れていた。

そしてその体長は四、五メートルをゆうに超え、寮に覆い被さってしまえるほどだった。

子供が奪われたと思い、激怒しているのだろう。その怒りはよく理解出来る。

しかし……。

「匂いを辿ってここまで来たとしたら、何かおかしくない？　何で見初のところじゃなくて、こっちに来たのさ」

海帆が怪訝そうに疑問を口にする。すると冬緒たちに遅れて様子を見に来た柳村が、自らの推測を語った。

「この雨では匂いを正確に辿ることが出来なかったのでしょう。ましてや怒りで我を失っている状態ですからね。正常な判断力も喪失していると……」

「ギィイィッ！」

空気を激しく振動させ、雨音を掻き消さんばかりの咆哮《ほうこう》だった。赤く染まった目が自分より小さな生き物たちを見据える。

我が子を奪った敵としか見えないのだろう。白い牙を剥き出しにして、冬緒たちへと突進していく。

「ウギャー！　こっち来たー！」

「みな様急いで寮の中に避難しますぞー！」

「はい。ですが、その前にまずは彼女から戦意を削ぐ必要があります」

叫ぶ風来と雷訪とは対照的に、柳村は平静を崩すことなく一枚の札を雨月ネズミへ放った。

それは大量の雨粒に打たれても勢いを失うことなく、雨月ネズミの右脚に貼り付いた。

「ギッ」

途端、動きが止まる。

「一時的ですが、妖怪の動きを封じる力のある札です。このまま時町さんたちが戻ってくるのを待って……」

「柳村さん、どうしたの？」

急に言葉を止めた柳村に、永遠子が不思議そうに声をかける。

「……これは困りましたね」

いつもの冗談めいた物言いではなく、本当に困ったように柳村が呟く。

その直後、雨月ネズミはぎこちない動きで右脚に顔を近付けると、そこに牙を立てた。貼られていた柳村の札が裂かれ、残骸が地面に呆気なく散らばる。

だがその代償として右脚は血に染まり、鉄の臭いが周辺に漂い始める。妖怪の匂いを誰よりも強く感知出来る永遠子は、その濃度に眉を顰《ひそ》めながら口元を手で覆った。

「あんな無茶までして……」

「それほどまでに必死なのでしょう。……ですが私も、ホテル櫻葉の従業員を守る義務があります。全力で止めさせてもらいますよ」

懐からさらに数枚の札を取り出し、柳村が静かな声で言い放つ。雨月ネズミもまた身を屈めて臨戦態勢に入る。

「ぷぅ――――――っ！」

両者が睨み合う中、ホテル櫻葉の面々にとって慣れ親しんだ鳴き声が限界まで張り詰めていた夜の空気を震わせた。

「白玉ちゃん……⁉」

一匹の白い仔兎が雨月ネズミへと駆け寄って行く。その頭の上には仔ネズミもいる。

「ん⁉　時町はどこに行った⁉」

どこにも姿が見当たらない彼女を探して、冬緒がしきりにきょろきょろと首を動かす。

ちなみにその頃、見初は全身を雨に打たれながら出雲の街を疾走していた。

「白玉待ってぇぇ！」

突然雨が降り始めたと思ったら、見初の腕の中にいた白玉が地面に飛び降りて元来た道を走り出したのだ。大切な相棒に見捨てられてしまい、見初は必死に追いかけていた。

「キュ⁉　キュウゥ！」

仔ネズミが今までにないくらい慌ただしく鳴き声を上げる。やはりあの雨月ネズミは母親で間違いなさそうだ。

そして白玉が恐らくは見初を置き去りにして急いで戻って来てくれたおかげで、雨月ネズミも落ち着きを取り戻すはず。

誰もがそう思っていた。

「ギィイィッ！」

しかし雨月ネズミは白玉の存在に気付くと、先程とは比較にならないくらい低い声で唸った。あんな小さな仔兎相手にだ。

雨月ネズミの言葉が分かる風来がこの世の終わりのような顔で叫ぶ。

「白玉様が子供を奪った張本人だと思い込んでるっぽいよ、あれ！」

「白玉……！」

このままでは白玉に危険が及ぶ。冬緒は白玉の下へ走り出すが、

「ま、待って……ください……」

途中で背後から腕を引かれて立ち止まる。

振り向けば、ぜぇぜぇと息を切らす濡れ鼠もとい見初がいた。どれだけ急いで走ってきたのか、苦しそうに呼吸を繰り返す見初に冬緒はぎょっとするも、すぐに我に返る。

「何言ってるんだ時町！　あのままじゃ白玉が雨月ネズミに……」

「……白玉は多分ネズミさんとそのお母さんを助けようとしているんだと思います。だから、白玉のこと……信じてあげてください」

仔ネズミだけではなく、母親も。その言葉を聞き、冬緒は堪えるような、祈るような面持ちで白玉へ視線を戻した。

「ぷぅ！」

「ギィ……ッ」

「ぷぷぅ……」

白玉は怯える素振りをまったく見せず、雨月ネズミとの距離を詰めていく。雨月ネズミも子供を傷付けまいとしているのか、威嚇はすれど襲いかかろうとはしない。

空がほんの少し明るくなったのは、白玉が雨月ネズミの足元に飛び込んだ時だった。

雨雲に隙間が生じて、そこから月の光が漏れているのだ。

月光と雨が降り注ぐ不思議な光景に従業員たちが息を呑んでいると、白玉の体にも変化が起きた。

「ぷぅ」

白玉の体から白い光が溢れ出す。けれど眩しいと思えるものではない。月光のように優しい光だ。

「ギ……？」

白玉が雨月ネズミのズタズタになった右脚にそっと触れると、傷口が光に包まれて塞がってゆく。

自分の傷が癒えていく光景を見ていた雨月ネズミの目から赤い光が消えた。と、その巨体がみるみるうちに縮んでいく。それだけではない。雨月ネズミの怒りそのものだった雨も弱まっていた。

「あれが本来の雨月ネズミのサイズです。天敵から身を守るため、巨大化して戦うのですが……元の姿に戻ったということは、もう敵意はないようですね」

札を懐にしまう柳村の声には安堵が滲んでいた。

「ギィ……！」

「キュウ！」

母ネズミに呼びかけられた仔ネズミが白玉の頭から飛び降りて、向こうへ行こうとするが立ち止まってしまう。白玉のほうを振り返ったり、意味もなく毛づくろいをしたり。

母親がわざとはぐれた自分をまだ怒っていると思い、どうすればいいのか分からないのだろう。

「ぷぅ！」

そんな仔ネズミに白玉が一鳴きする。

「キュ……」

「ぷう、ぷう」

不安げな仔ネズミに向かってさらに何かを語るように鳴く。それを聞いていた仔ネズミはコクンと頷くと、母ネズミの下へ一気に走って行った。

「キュウッ！」

「ギィ」

母ネズミはようやく戻って来た子供に体をすり寄せた。仔ネズミも真似をするように母ネズミのお腹にぐりぐりと頭を押し付ける。そんなに強くしたら花びらが取れてしまうのではと思いきや、びくともしていない。

「ぷぅぅっ！」

白玉は再会した親子を嬉しそうに見詰めていた。

すると、どこからか数匹の雨月ネズミがわらわらと集まって来た。仔ネズミの兄弟のようで、皆母ネズミの背中によじ登っていく。

「キュ！」

真っ白な花を咲かせた仔ネズミが最後に乗ると、母ネズミの体が光に包まれた。うっすらと見える頭の花は仔ネズミたちが集まり合うことで、紫陽花《あじさい》のような美しさを作り出していた。

光球へと姿を変えた雨月ネズミ一家はゆっくりと浮上すると、瞬く間に夜空へと飛び去ってしまった。

「ぷぅ～」

白玉が空に向かって前脚を振る。その姿を見ていた見初は口を開く。

「……白玉は最初から分かっていたのかもしれませんね。ネズミさんとお別れしなくちゃいけないのを」

そして、それをしっかりと受け止めた。

あんなに小さな白玉でも精神的に逞《たくま》しく成長していたのだ。見初たちがそのことに気付いていなかっただけで。

見初の呟きを隣で聞いていた冬緒は同意するように頷くと、どこか懐かしむような笑みを浮かべた。

「雨月ネズミの傷を治したのも、自分の親を……白陽《しろひ》のことを思い出したからかもな。子供のためにあそこまで怒って、必死になっていた母親のことを助けたいと思ったんじゃないか？」

「そうかもしれませんね……」

「……母親っていいものだな」

冬緒の笑みにほろ苦さが混じる。けれどすぐに眉を八の字にすると、素早く白玉へ接近して力の限り抱き締めた。

「ぷ、ぷぅぅ！」

「でも白玉は無茶しすぎだ！　雨月ネズミが冷静になってくれたからよかったけど、そうじゃなかったら大変なことになってたんだぞ⁉」

「ぷぅ……」

「一週間おやつなしだからな！」

「ぷぁーっ⁉」

白玉を信じてそのまま行かせたのは自分なので、そこまで責めないであげて欲しい。そう思って見初が制止しようとすると、雨雲が完全に引いて星々と満月が姿を見せた。

けれどこんなに綺麗な夜空なのに、霧雨は音もなく一晩中降り続けた。

◆◆◆

「あの時の白玉様、かっこよかったよ～！」

「そうですな！　雨月ネズミをまったく恐れず立ち向かった。お見事でしたぞ！」

「ぷぅ！」

雨月ネズミが去った翌日の夜、白玉は寮のホールで風来と雷訪に褒めちぎられていた。

そしてそれに対して満更でもなさそうだった。えっへんと誇らしげに胸を張っている。

「私も白玉は今回、とっても頑張ったと思うよ」

見初にも褒められると、白玉は右脚をぴしっと上げた。

「白玉様が『これからどんどん活躍していくからよろしくね！』だって」

風来が通訳してくれた。

ここ最近の白玉は本当に頼もしい。初めて出会った時はあんなに小さかったのに。いやサイズは大して変わっていないが。

「成長しましたね、白玉。私はとても嬉しいです」

羽毛のように柔らかな声がした。一斉にその方向に視線を向ければ、そこにいたのは白玉によく似た白兎だった。

「ぷぅ……」

「し、白陽様⁉」

「どうしてここにいるのです⁉」

「近くを通りかかったので、会いに来てみました。冬緒にも会いたいのですが……」

「待ってて！　今部屋にいると思うからオイラが呼びに行ってくるー！」

「あっ、私も行きますぞ〜！」

少しでも白陽の役に立ちたいのか、二匹は慌ただしく冬緒を呼びに行った。

騒がしい獣たちがいなくなり、ホールには見初と白陽、それと白玉だけが残された。

久しぶりの親との再会なのに、彼らに比べて白玉の反応がやけに薄いなと思っていると、風来と雷訪がいなくなった途端、白玉は白陽に抱き着いた。

「ぷぅっ」

「ぷぅ！　ぷぅぷぅ！」

「ふふ、甘えん坊さんねぇ」

「ぷぅ〜！」

白陽に頬を舐められ、白玉が弾んだ声を上げる。

その甘えっぷりを見て見初はある考えに思い至った。

もしや風来と雷訪の前では恥ずかしくて静かなだけだったのでは？　と。

「ぷぅう……！」

「はいはい。今日はずーっと一緒にいましょうね」

白玉が大人になるまでにはまだ時間がかかりそうだ。けれど二匹の幸せそうな光景を見ているうちに、自分も母親の声が聴きたくなって見初は笑みを零した。

エピローグ

人間というのは時にノリで動くことも大事だと、どこかで聞いたことがある。たとえ後悔することになったとしてもだ。

「白玉《しらたま》さん、喜んでください。当分の間はおやつに困りませんよ」

「ぷぁ……」

見初《みそめ》のベッドの上に五つの袋が並べられる。

その中身は右から干し林檎、干しパパイヤ、人参味のピューレ、スティックタイプの野菜ビスケット、チモシー入りのペレット。

全て白玉のおやつなのだが、見初が一度にこれだけ買ってくることなんて初めてなので、喜びを通り越して引いていた。

何かあった？　と言いたそうな視線が見初に突き刺さる。

「今日、ペットショップに行ったら開店五周年記念だとかで大安売りをしていたからつい……つい……！」

「ぷぅ～……」

「で、でも一気に食べたら体に悪いからね！　毎日少しずつだよ、少しずつ」

白玉がスタイル抜群の美兎に成長するか、鏡餅と化すかは見初にかかっているのだ。以前「ぶぅ」とふてぶてしい鳴き声を発するような状態となってしまったが、あのような事態は二度と起こしてはならない。

衝動買いは見初の財布がダメージを負うだけなので、まだいい。あとからいくらでも挽回可能だ。

だが一度体調を崩せばすぐに回復するのは難しい。小さな白玉なら尚更だ。

「ちなみに今日はどれが食べたい？」

五種類の中から選ぶことになり、白玉が「ぷぷぷ……」と心なしか渋い顔付きで鳴いている。見初の所業にドン引きしたものの、どれも美味しそうだと思っているようだ。

見初としては手渡しタイプのビスケットかピューレを白玉に食べさせたいと考えていると、ドアを数回ノックする音が。

見初がドアを開けると、ぱんぱんに中身が詰まったビニール袋を持った冬緒《ふゆお》が目を輝かせながら立っていた。

「ペットショップで特売やってたから、白玉のおやついっぱい買ってきたぞ」

自分たちは似た者同士かもしれないと、見初は遠い目をしながら思った。

◆　◆　◆

「えっ、白玉様のおやつオイラたちも食べていいの？」

「いっぱい買いすぎちゃって。消費期限のこともあるから、風来《ふうらい》と雷訪《らいほう》も食べて食べて！」

「そういうことでしたら、ありがたくいただきますぞ」

白玉一羽で食べきれる量ではなくなってしまったので、こういう時はお裾分けである。

普段から白玉がおやつを食べているのを見て、食べたいとねだる時があるのだ。特にビスケットが好きらしい。

「ヒャッハー！　今夜は宴だぜー！」

「そうですなぁ！」

「あんまり食べすぎたらダメだよ」

「「はい」」

盛り上がる二匹に見初が釘を刺す。彼らにも末長く健康でいて欲しいのだ。

部屋に戻ると、冬緒が白玉を膝に乗せてブラッシングをしてあげている最中だった。見初がする時よりも気持ちがいいのか、白玉の体が伸びきってつきたての餅のようになっている。

「つ、椿木さんにブラッシング力で負けてしまった」

「ブラッシング力って何だよ……」

冬緒は若干悔しそうな見初に苦笑いするものの、何故か緊張の色を見せた。

「なぁ、時町。この前……雨月《あまつき》ネズミの子供を拾った夜、俺がお前に何か聞こうとしたの覚えてるか？」

不穏な雰囲気だったので、夜に二人で散歩に出掛けるのをやめようと提案されるかと思った時のことだ。結局仔ネズミが白玉の頭に落ちてきて、それどころではなくなってしまったのだが。

今こうして持ち出してくるということは、今後に関わる大事な話なのだろう。見初は冬緒の正面に座ると、背筋をピンと伸ばした。

「その、時町は嫌がるかもしれないけど」

「……はい」

「俺のこと、下の名前で呼んでくれないか？」

「ふぁえ？」

予想していなかった問いかけに、見初の口から変な声が出た。

「俺たちって永遠子《とわこ》さん、天樹《あまき》さん、海帆《みほ》さんって結構下の名前で呼んでる人いるだろ。なのにいまだに俺は『椿木《つばき》さん』なのが何か……何だか……」

「永遠子さんはホテル名と被っちゃいますし、天樹さんと海帆さんは同じ名字だから、分かりやすく名前で呼んでるだけですよ」

その証拠に、柳村《やなむら》や慧《さとる》は今も名字で呼んでいる。

「雪匡《ゆきまさ》さんのことも雪匡さんって呼ぶのは分かる。でも俺だけいまだに『椿木さん』のままで時代が止まってるんじゃないのか」

「時代ってそんなぁ」

「……俺が真剣に悩んでるって思ってないだろ。顔がにやけてるぞ」

「す、すみません。まさかこんなことをお願いされると思わなくて……」

頬が緩むのが抑えきれず、見初は口元を両手で覆った。

ひょっとすると雨月ネズミが現れる直前、あんなに硬い表情をしていたのは、単に緊張していただけだったのかもしれない。白玉を連れて行ったのも、それを紛らわせるためだとしたら。

「そもそも私が嫌がるってどうして思ったんですか」

「だって何か重いって思われそうで……」

「大丈夫ですよ。私力持ちだから冬緒さんがいくら重くても、おんぶでもだっこでもしますから！」

「その言い方やめろーっ！　自分が情けなくな……ん？」

冬緒は抗議を止めて固まってしまった。見初からの言葉を脳内で反復しているのだろう。

やがて先程見初の部屋を訪れた時のような表情になった。

「だから私からもお願いしてもいいですか？　私のことも名前で呼んでもらえると嬉しい

なぁって……」

「……み、みー」

「はい、まず一文字目！　そこから一気に！」

「みそ、見初……」

絞り出すような震えた声だった。けれど頑張ってその三文字を声に出してくれたことに、見初は頬を紅潮させて喜んだ。

「これで私たち、お揃いですね」

「お揃いってこういう時に使う言葉じゃないだろ。……でも俺たちは俺たちなんだから別にいいか」

噴き出すように笑う冬緒の頬もまた赤く染まっていた。

二人に気を遣っているのか、ただ寝ているだけなのか、白玉は冬緒の膝に寝そべったまま瞼を閉じていた。

番外編　ホテル櫻葉VSずもちゃん

「冬緒《ふゆお》さん、冬緒さん。この子知ってますか？」

見初がスマホの画面を見せると、冬緒は福引きで外れを引いてポケットティッシュをもらった時のような微妙な顔をした。

「何だこいつ、永遠子《とわこ》さんの新作か？」

「違いますよ、ずもちゃんですよ」

十数秒の動画の中で、わさわさと蠢《うごめ》く謎の生命体。

わたあめのような胴体から手足を生やし、明るい笑顔を振り撒く生物の名はずもちゃん。

決して悪霊の類いではない。

「出雲をイメージして作られた非公式キャラクターだそうで、最近だとぬいぐるみがクレーンゲームの景品になっているそうですよ」

「こんな気持ち悪いキャラクターを？　景品に？　永遠子さんに毒されたか？」

「正直可愛くはないと思いますけど、この子のぬいぐるみって触り心地抜群みたいですよ」

見初というより白玉《しらたま》が欲しがっているのだ。ぬいぐるみの画像を見て「ぷぅ～」と物欲しそうに鳴いていたのである。多分クッションか何かと勘違いしているようで、「ふわふわしてて気持ちいいんだって」と見初が言うと、テンション高めでまた鳴いていた。

「でもクレーンゲームって一個取るのも大変だって聞いたぞ。確かに中には何でもあっさり取れるようなプロもいるけど」

「そこなんですよねぇ」

ゲームセンターに殆ど行ったことのない見初にとって、あの手のゲームは未知の領域だ。某太鼓ゲームを叩くことしか能のなかった人間に果たして取れるかどうか。

白玉のために挑戦……とも思うが、それに給料を費やすのであればペットショップで色々買えるのではと躊躇《ためら》ってしまう。

「あのな、見初。こんなの惨めな気持ちになるだろうから、やめておいたほうがいいと思う」

「んぐぅ……」

何も反論出来ず、見初はずもちゃん捕獲作戦を断念した。

◆　◆　◆

その数日後、開店直後のとあるゲームセンターに一人の青年が入店した。彼は真っ先に両替機で千円札を百円玉に換えると、銀色に光るそれらを握り締めてクレーンゲームのコーナーへ向かった。

人気のアニメ・ゲームキャラクターのグッズばかりが散見されるが、そんなものに興味はない。

一番隅の台で景品になっている妖怪わたあめ人間を見付けると、彼は足を止めた。お目当てのブツを発見して、ファッションでかけていた眼鏡のレンズがキラリと光る。

「これがずもちゃん……」

冬緒はじっとずもちゃんの群れを見詰めながらぼそっと呟いた。笑ってはいるものの、目線が左右異なる方向を向いているせいか、見る者に不安を与える笑顔になっている。

だが白玉はこれを求めている。白玉が喜ぶ姿を見たら、見初も喜ぶ。それを見て冬緒も幸せな気持ちになれる。そう考えれば、すべきことは一つだった。

「待っててくれ白玉、見初！」

そうして冬緒は自分の体温で生温かくなった百円玉を投入口に飲み込ませた。

それから五分後。冬緒は無言で両替機に千円札を入れた。

十枚もあったはずの百円玉はあっという間に消えて、残されたのはずもちゃんへの怒りだった。本人の技量が原因なので景品に憤《いきどお》るのは見当違いなのだが、あのふざけた笑顔を凝視していると平静ではいられなかった。

しかもこの機体だけ『初心者にも取れやすくなってます』と、ポップな字体のステッカーが貼られているのだ。あまりの不人気で店側も「ヤバい」と感じたのか、難易度を易しいレベルに設定したらしい。

それでも取れない事実に、冬緒は奥歯を噛み締めた。銀色のアームであの柔らかそうな体をがっちり捕獲するところまではいいのだ。しかし持ち上げると三秒以内に落下してしまい、「今度こそは」という冬緒の希望を打ち砕く。

やっぱりこんなゲーム、見初にはやらせるわけにはいかない。犠牲になるのは自分の財布だけで充分だ。そう思いながら第二ラウンドを開始した。

「あ？　お前冬緒じゃねぇか。何してんだ」

「緋菊《あかぎく》さん……！」

緋菊に声をかけられたのは第四ラウンド終了間近のことだった。モスグリーンのジャケットに黒いデニム姿に加えて、天狗の羽も隠しているので見た目は完全に現代人だ。いつもは和装なので分かりにくかったが、こうして見るとスタイル抜群なのが分かる。

「暖かくなってきたんでのんびり散歩してたら、女子高生が『何かガンガン金使ってるのに全然取れないイケメンがいてヤバい』って話してるのが聞こえてな……冷やかしにきた！」

「来るな!!! こっちは遊びでやってんじゃないんだぞ！」

「まさか知り合いだったなんて、面白くなってきやがった」

見初本人に見付かるよりはマシだが、よりにもよってこの天狗に目撃された。どうせ嫌みでも言ってくるだろうと身構えていると、緋菊は硝子の向こう側にいるずもちゃん集団を見詰めてから口を開いた。

「なぁ、こいつら邪神？」

「ずもちゃんって出雲の非公式マスコットキャラクター」

「これを商品化した奴らって大吟醸がぶ飲みしながら考えたのか？ ……いや、んなことはいい。鈴娘はこいつを欲しがってんのか？」

どうして分かったのか。目を見開く冬緒に、緋菊が呆れ顔で言う。

「テメェがここまで頑張って取ろうとするなんざ、あいつ絡みに決まってるからな」

「否定はしないけど……」

「ただかなり苦戦してるみてぇだな。どこに重点を置いて取るかは考えてるのか？」

「じゅ、重点？」

予想だにしなかった質問に冬緒の目が点になる。すると緋菊はげんなりした表情でクレーンゲーム初心者を指差した。

「あのな。こういうのはただ欲しいもんをアームで掴むだけじゃ駄目なんだぞ。そんなんであっさり取れたら、ゲーセンだって商売あがったりじゃねぇか。だから簡単には取れねぇようになってるし、コツってもんがあんだよ。この場合だったら、本体と手足の付け根。あの辺りが狙い目だな」

「そこまで考えて取らないとダメだったのか……」

「何十回もやってんのに、こんなことも考えつかなかったのかよ。学ばざること馬鹿の如しじゃねぇか」

「ストレートに馬鹿って言われたほうがマシだ」

甲斐《かい》の虎が聞いたら怒りそうな発言。しかし緋菊の助言によって希望の光が見えたのも確かである。

長きに渡る戦いもついに終わりの時を迎えるのかもしれない。本日五枚目の千円札を両替に行こうとすると、緋菊に「ほら」と掌を差し出された。

「財布寄越せ」

「はぁぁ？」

この天狗、まさかアドバイス料を要求するつもりか。しかも財布丸ごと。

財布を死守しようとしていると、緋菊の口から溜め息が漏れた。

「俺がもずちゃんを取ってやるってことだよ」

「もずちゃんじゃなくて、ずもちゃんな」

小さな猛禽類《もうきん》になっている。

「テメェにやらせてたら、いつまでも取れそうにないからな。ここは俺に任せろ」

「そんなことは……いや、お願いします」

こんなことで緋菊を頼るのは癪《しゃく》だが、このままでは懐が氷河期を迎える可能性が高い。

だったら頼れる者に頼るに限る。

冬緒が財布を預けると、緋菊は自信に満ちた笑みを浮かべた。

「まあ、見とけ。天狗の実力ってやつをな」

◆◆◆

十分後。

「本当に悪かったと思ってる」

「俺の千円!!!」

天狗の実力見物料千円。かつてないほど悲しそうな顔の緋菊にそっと財布を返されて、冬緒は白目を剥いてしまった。

「三回目辺りから正直『これ取れないんじゃねーか？』って予感はしてたんだが……」

「だったらそこでやめてくれよ！」

「『もしかしたら次は取れるかもしれない』って思ったわ」

典型的なギャンブルにハマりやすいタイプに財布を預けてしまったことを今更ながら悔やむ。この男の妹が見ていたらどう思うだろう。

「それで？　手足の付け根狙う作戦はどんな感じだ？」

「あぁ？　あんなふにゃふにゃしてるところを狙ってどうすんだよ。金の無駄だ、無駄」

「何をいけしゃあしゃあと……」

もう邪魔だし、帰ってくれないだろうか。そんな思いを込めて蔑《さげす》みの視線を向けようとしていると、

「あれ、冬緒……と緋菊さん？　二人して何してんのさ」

冬緒と同じく非番だったらしい海帆《みほ》が二人の下にやってきた。

「俺たちはまあ、ちょっと。海帆さんは？」

「遊びに来たに決まってんじゃん。あ、ゲーセンの外で女子大生たちが『イケメン二人がキモいぬいぐるみ取ろうとして頑張っててキモヤバい』って言ってたのって冬緒と緋菊さんのことだったのか」

「待ってくれ海帆さん。キモヤバいって俺たちが？」

このままでは自分たちの醜態が出雲市内に拡散されてしまう。いやもう広まっている。少女による情報の発信力を侮ってはいけない。

「キモヤバい……」

女子大生の歯に衣着せぬ物言いに、冬緒よりも緋菊のほうがダメージを受けていた。せっかく現代風な身なりをしてきたことを考えると、可哀想な気もしないでもないが、こちらポンコツ武田信玄《たけだしんげん》扱いされているので同情はしない方向でいく。

「あっ、これってずもちゃん？　兄貴とも話してたんだけど、こいつデザイン自体は普通にいい感じなのに目がヤバいんだよな」

ずもちゃんに気付いた海帆が怪訝そうな顔をする。これを一匹捕獲するために、五千円使ったと言える雰囲気ではなくなってしまった。

「まあ、この台は初心者向けだからな。初めてクレーンやるにはいい練習になるだろって冬緒と話してたんだよ」

さりげなく緋菊が助け船を出航させた。流石に本人も冬緒に悪いことをしたと思っているのだろう。今なら緋菊に優しい気持ちになれそうだった。

「ふーん……確かにすんごい取れやすそうだもんなぁ……」

緋菊が吹いた大法螺《おおぼら》を素直に信じた海帆がそんな呟きを漏らし、冬緒の口から「えっ」と声が飛び出した。

緋菊も真剣な表情で「取れんのか」と海帆に尋ねた。

「だってガッと掴めばそのままトーンって取れると思うよ、こいつ。初心者向けのってアームの握力も強めになってるし、確率機でもないだろうし」

あの兄にして、この妹あり。ゲームに対する造詣の深さを見せ付けてくる。

そして冬緒に「海帆さんにずもちゃんを取らせるにはどうしたらいいのか」という考えが浮かぶ。それは緋菊も同じだったのか、挑発的な笑みを口元に貼り付けて海帆を煽り始めた。

「簡単に取れるって言うんだったら、お手本を見せてもらおうじゃねーか」

「いいよ。多分財布に百円入ってると思うから」

上から目線な緋菊の態度に怒ることなく、海帆は自分の財布を取り出した。

「そんじゃ、ぱぱっと取っちゃうぞ〜！」

チャリンと、百円玉が機体に投入される音がした。

◆◆◆

三十分後。

「冬緒、緋菊さん、ここ陣取ってて。ちょっとATMで金下ろしてくるからさ」

「やめろ海帆さん！　下ろした金をここで使うつもりならやめろ！」

「止めんな！　ここで諦めたらずもちゃんに負けた気分になる！」

有り金を使い果たした海帆が壊れてしまった。これがすぐに取れると豪語していた人間の末路だ。

「えー⁉　何で取れないんだ⁉　握力は充分あるように見えるし、確率機でもないのにずもちゃんがアームからすり抜けていくの腹立っ！」

「海帆さん、天樹《あまき》さんに任せるっていうのはどうだ？」

もう天樹だけが最後の希望だ。何となく彼ならクレーンゲームも得意そうなイメージがある。

だが海帆は悔しげに首を横に振った。

「兄貴、この店で確率機の壁を超えて乱獲しまくったせいで、出入り禁止になってる……」

緋菊も飽きたのか、ベンチに座って自販機で買ったお茶を飲んでいる。

万事休すか。冬緒が心の中で見初と白玉に謝り始めた時だった。

「何じゃ何じゃ、よく知る顔触れじゃのぅ」

その嗄れた声に、三人は息を呑んだ。

何故なら自分たちの背後に雨神《あめがみ》が杖を持って立っていたのだ。しかも真っ白な着物ではなく、マジックテープ式のポケットがたくさん付いた小豆色のジャケットと、黒い半ズボン。公園で日光浴をしている老人のような出で立ちだった。

「……神を引退されたんですか？」

「いやいや、ワシはまだ現役じゃよ。ただ時々こうやって人間の振りをして遊んどるんじや。おっ、これなんて座布団によさそうじゃのぅ」

冬緒の質問に笑いながら答えてから雨神はずもちゃんをじっと見てポケットから硬貨を取り出した。

チャリンという音がして、アームを操作するボタンが点滅し始める。

「『げーせん』は面白いところじゃのぅ。あの蟹のような形をしたもので人形を取るなんて、不思議な遊びを考えたものじゃよ」

雨神の操作でウィーン……とアームがゆっくりと横へスライドする。そこから次は縦に移動してピタリと止まる。

その真下には冬緒たちが何度も捕獲を試みて、失敗し続けてきたずもちゃんがいた。雨神の思いを乗せたアームが降下してふわふわの体をホールドする。

緊張の一瞬に冬緒たちが固唾《かたず》を呑んで見守っていると、まさかの事態が発生した。

「むぅ？　何か落ちて来たのぅ」

奥に積み上げられていたずもちゃんの山が突然雪崩《なだれ》を起こし、そのうちの一体がアームに覆い被さる形で落ちてきたのだ。

二体のずもちゃんを確保した状態のアームが少しずつ落下口へ向かっていく。神による神業に冬緒たちのみならず他の客や店員の注目も集める中、ついに落下口に辿り着いた。

アームが左右に開くと、まずはそこに掴まれていたずもちゃんが落ちる。アームが動いたことにより、上に載っていたずもちゃんもバランスを崩して落ちた。

「ほっほっほ、やったぞ〜ぃ！」

雨神が喜びの舞を踊る。が、すぐに困った表情を浮かべて顎髭を撫でる。

「じゃが、座布団二つもいらんわ。というわけで鈴男、おぬしにやろうかのぅ」

「えっ、いいんですか⁉」

「こんな怖い顔した座布団を二つ置いていたら、悪夢見そうじゃからな」

そう言って冬緒にずもちゃんを半ば無理矢理押し付けると、雨神はもう一匹のずもちゃんを脇に抱えて歩き出した。

「それじゃあ、また今度泊まりに行くからよろしくのぅ！」

初夏を思わせる爽やかな笑みを残して。

その後、雨神がこの近辺で『妖怪ゲーセン爺さん』と呼ばれるようになるのはまた別のお話――。

そして冬緒はあらぬ誤解をされながらも、目的を無事に果たせた。

「えっ、この子ずもちゃんですよね？　私が欲しいって言ってたから冬緒さんが取って来てくれたんですね！」

「いや取ろうとしたけど、無理だったから雨神様に取ってもらったんだ」

「雨神様がゲームセンターに行くわけないじゃないですか～。そんな照れ隠しで変な嘘つかなくたっていいですよ」

「本当に違うんだって！」

「冬緒さんありがとうございます」

見初は最後まで勘違いしていたが、その笑顔が可愛かったので冬緒は「うん……」と言って話を終わらせることにした。

「ぷぅ」

「あっ、ダメだよ白玉！　せっかく冬緒さんがプレゼントしてくれたのに！」

ちなみにずもちゃんは白玉によって目と口の部分を食い千切られた。

◆この作品はフィクションです。
実在の人物、団体などには一切関係ありません。

双葉文庫

か-51-12

出雲《いずも》のあやかしホテルに就職《しゅうしょく》します⑫

2022年6月19日　第1刷発行

【著者】
硝子町玻璃《がらすまちはり》

【発行者】
箕浦克史
【発行所】
株式会社双葉社
〒162-8540 東京都新宿区東五軒町3番28号
[電話] 03-5261-4818(営業部)　03-5261-4833(編集部)
www.futabasha.co.jp(双葉社の書籍・コミックが買えます)
【印刷所】
中央精版印刷株式会社
【製本所】
中央精版印刷株式会社

【フォーマット・デザイン】
日下潤一

ISBN978-4-575-52579-3 C0193
Printed in Japan